# GOLDEN TIME

# 流金岁月

姚天元 著

SPM 南方传媒 | 花城出版社

中国·广州

**图书在版编目（CIP）数据**

流金岁月 / 姚天元著. -- 广州 ： 花城出版社，
2024. 10. -- ISBN 978-7-5749-0299-2

Ⅰ. I217.2

中国国家版本馆CIP数据核字第202400NY91号

出 版 人：张　懿
责任编辑：李珊珊
责任校对：汤　迪
技术编辑：林佳莹
封面设计：张年乔

---

书　　　名　流金岁月
　　　　　　LIUJIN SUIYUE
出版发行　花城出版社
　　　　　　（广州市环市东路水荫路 11 号）
经　　　销　全国新华书店
印　　　刷　广州市岭美文化科技有限公司
　　　　　　（广州市荔湾区花地大道南海南工商贸易区 A 幢）
开　　　本　880 毫米×1230 毫米　32 开
印　　　张　6.25　1 插页
字　　　数　120,000 字
版　　　次　2024 年 10 月第 1 版　2024 年 10 月第 1 次印刷
定　　　价　68.00 元

---

如发现印装质量问题，请直接与印刷厂联系调换。
购书热线：020 – 37604658　37602954
花城出版社网站：http://www.fcph.com.cn

# 文人老姚（代序）

田章夫

　　姚先生让我为他的大著作序，在下心中着实有几分惶恐。我辈交往的朋友中，他的道德文章，是大家非常敬仰的。这个差事给我的压力可想而知。但他在"派工"之时说的一句话，让我获得动力。他说，这序言是"留作我们的友谊纪念"。于是我便不揣浅陋，决定接受这光荣的工作了。

　　与姚先生成为好友，是在他从二中校长的职位上调任文联主席之后，接触多了，觉得有共同语言。他绝对没有什么官架子，不久又调到报社做主编，给人的印象始终是身上文人的气息更多些。我认为，保持文人本色，未必不是好事——这是一种很有尊严的事。

姚先生刚正的文人风骨，从他在各类报刊上发表的诗歌和散文作品中可以读到其光焰。爱与憎，在字里行间风云起伏。家国情怀，永远是仁人志士绕不开的论题，这是中国文化的优秀传统。在提及祖国时，姚先生笔下的一草一木一山一水，全都有了感染力，引起读者心灵的共振，或悲怆，或愤然，或喜不自禁。在他的文字里，有永远活着的"横眉冷对千夫指，俯首甘为孺子牛"的鲁迅，有才华横溢心地善良却苦难深重的女诗人郑玲，还有为中华振兴而以性命拼搏的劳动者。

　　被姚先生深情怀念和歌颂的还有他身为乡村教师的双亲。这也是让我深受感动的篇章。破败的祠堂和庙宇，就是他们终生传道授业解惑的教室，老人永远牵挂的学生，有的功成名就，更多的是默默无闻的普通人，不幸的是，还有"一失足成千古恨"的年轻生命。这是作者震撼人心的一笔！一个平凡的乡村教师，已经把血汗和乳汁凝成的母爱与师道融为一体！姚先生表达丰富复杂情感，选择的是一种质朴的语言风格，这种风格更接近内心，因而更有力度和深度。与变形的矫揉造作对比，高下立见。

　　姚先生或许不是一位多产的风光无限的诗人和散文家，用他自己的话说，他"从事业余文艺创作四十余年"，但我认为，姚先生是一位不辱使命的作家,因为他对文学创作的严肃态度,因为他对文学宗旨的忠诚!文学是对人生的责任,文学是对社会的责任,文学不是敲门砖。

中国文学,个性定位无疑是中国风格,这是我们的强项,否则,用什么立足于世界文学之林?据此,我为姚先生四十年的创作实践行注目礼!

时至今日,姚先生的文人生涯为他积累了足够的美好:作为人生的强者和赢家,他正稳步走向期颐之年,精力充沛,思想睿智,如此圆满光景,不正是永远的流金岁月吗!

2023 年 6 月 13 日于长沙

(田章夫,男,湖南澧县人。中国作家协会会员,曾任湖南株洲市文联主席。先后由湖南文艺出版社出版诗集《三月诗选》《趋光集》和文学湘军诗歌方阵《田章夫卷》,花城出版社出版小说集《女子的码头》,中国文联出版社出版的随笔集《醉月楼闲话》等。)

# 目 **C** 录
ONTENTS

# 诗歌篇

# 哦，教师

## ——献给我的双亲

### 母亲

她是一位普普通通的

农村小学教师。

终生忙碌在

形形色色的校园——

破败的祠堂，

凄清的庙宇，

村民用泥和沙筑成的屋场，

工人用百步墙围起的小院……

她去世后

埋在一处荒丘——

多顽石少泥土的荒丘，

多贫瘠少营养的荒丘，

沉默不语的荒丘，

被世人遗忘的荒丘，


她说

她的学生会来的——

有高级工程师，

有农业技术员，

有驻外大使馆武官，

有花腔女高音歌唱家，

有起先不愿当小学教师、

后来又安心教书的；

还有那个她终于没有教育好，

离校后进了劳教所、

现时还在家里待业的。

……

他们都会来的。

真的，从那天起，

这荒丘热闹起来了。

有人来山前种泡桐，

有人往山后种松柏，

有人在山阴种苦楝，

有人到山阳种刺槐。

小小的坟茔四周

开满野菊、山茶、杜鹃。

山间，泛起了生命的颜色，

山坡，升起了鸟儿的鸣啭。


于是，我明白了

母亲为什么临走时，

要执拗地选择

这一处荒凉的墓地；

母亲为什么在世时，

要痴情地厚爱

那些形形色色的校园。

## 父亲

普天下的芸芸众生，

去世后，或有弹丸坟地。

我的农村小学教师的父亲，

却不知那一场台风，

把他刮到了哪里？

没有留下一件遗物，

没有留下一句话语。

甚至呻吟。

甚至叹息。


岁月已将他遗忘，

学生却将他铭记——

如果他是在森林，

一定在教鸟儿唱最动听的歌；

如果他是在蓝天，

一定在教白云写最难写的字；

如果他是在草原，

一定在教群芳开最美丽的花；

如果他是在大海，

一定在教浪花做最欢乐的游戏。


而今，我继承父亲的职业。

听得见他借春风，

把两个字送到我的

洒满阳光的讲台前：

珍惜。

听得见他借细雨，

把两个字送到我的

偶尔疏懒的眠床边：

奋起。


哦，我的慈祥而严厉的父亲

莫操劳，请安息——

在您艰难跋涉的路途上，

山崖留下崇高的记忆；

这里有一座路标，

这里有一架人梯。

在您没有走完的路途上，

山花摇曳着芬芳的理想，

我，正迈出坚实的步履——

即使还会遭遇强台风，

即使还会踏上铁蒺藜。

# 湘南印象（二首）

## 寇公楼

题记：宋宰相寇准因力主抗击契丹（辽国）入侵，被贬为道州司马。他常登临此楼，眺望北方失去的河山。

一颗硕大的泪滴，
滚过都盘山的面颊，
在潇水河畔凝成固体。

一声沉重的叹息，
穿过时代的风雨，
使载负它的城垣仍为之战栗。

一枚历史的铆钉，

把一个民族的责任感，

深深地，铆进瞻仰者的心底！


## 朝阳岩

题记：又名西岩，位于潇水河滨。唐诗人柳宗元被贬为永州司马期间，常来此游览，写有"渔翁夜傍西岩宿"等诗句。


一架别致的钢琴，

借浪花的手指，

弹奏出迷人的旋律。


河上架电缆的，

河里开轮船的，

他们都是渔翁的后裔。


难怪朝阳岩告诉我——

柳司马夜夜来此，

酝酿新的构思、新的立意。

# 真理的造型（外一首）
## ——题南京雨花台烈士群体塑像

是剧烈的地壳运动，

隆起这雄伟的山峰？

不，是十万烈士的鲜血，

铸成这真理的造型。


你义无反顾的学者教授呀，

你威武不屈的工人农民呀，

你稚气未褪的少男少女呀，

你从容就义的平民士兵呀。


真理是朴素的——

朴素如同你们的衣裙。

真理是严峻的——

严峻如同你们的面容。

真理是顽强的——

顽强如同你们的生命。

真理是永恒的——

永恒如同你们的精神。

啊，伟大的真理造型，

结晶于前仆后继的斗争。

后人当为之增色，

切不可使之变形。

## 雨花石

题记：梅园新村周总理当年住房的方桌上，放着一盆雨花石。

这盆雨花石——

来自雨花台，

来自金陵城外的雨花台，
来自烈士喋血的雨花台。

有的像生命的春天，
火红的花朵盛开不败。
有的像难忘的暗夜，
银白的星斗闪着光彩。

有的像秋天的田野，
褐色的泥土盛满挚爱。
有的像巍峨的高山，
绿色的宝石藏于胸怀。

它是冰冷的，却蕴藏火种，
它是过去的，却属于未来。
它把一切镂刻在纹路里，
让今人想，给后人猜……

难怪周总理——
要一颗颗拾来，
要不顾路途遥远拾来，
要冒着寒风细雨拾来。

# 西湖（四首）

题记：千里来觅此湖，赚得诗情如注。

## 题秋瑾塑像

两尺披肩，曾兜四方风雨，

一柄长剑，勇捍万里河山。

而今，怀一腔女性的柔情，

伫立在秀丽的西子湖畔。


湖水，莫溅湿鉴湖女侠的裙裾，

云霓，莫遮住巾帼英雄的容颜，

她在把箴言说给幸福的后代——

要记住：祖国苦难的昨天！

## 断桥

到断桥去，到断桥去，
情侣们一对对，一双双，
只因这里有过动人的会见：
许仙巧遇白娘娘。

休惆怅，酸心的传说，
莫沉迷，旖旎的风光，
过断桥结伴朝前走哟，
沿十里沙堤，一轮朝阳。

## 柳浪闻莺

柳浪，一层层。
莺啭，一声声。
是自然之造化？
是人力之奇功？

柳浪闻莺处，

豪情壮志生：

借得西湖一瓢绿，

泼向人间尽是春。


## 谒岳飞墓

湖风说：我为他洗尘。

青松说：我为他遮阴。

太阳说：我为他驱寒。

月亮说：我为他照明。


青山掩埋的是民族的忠骨，

铁栏关押的是长跪的佞臣，

一曲《满江红》动天地，

岳飞墓前我鞠躬。

# 鲁迅墓写怀（外一首）

冬青列队，翠柏交柯，

卫护着一位巨人的棺椁，

里面盛的当是他的骨灰，

不，是一团炽燃的烈火。


这火，昨天燃烧——

把光明播向暗夜的荒漠；

这火，今日燃烧——

为后人竖一处引航的灯座。


心头荡漾着赤诚的光波，

奋然前行，不畏道路坎坷。

记住先生燃烧的思想吧，

理想就不会被一时的迷云吞没。


于是，当我离去的时候，

我的心中——

便铭刻下这烈火的旋律

和一首关于烈火的赞歌。


## 题先生塑像

你侧耳倾听过午夜的惊雷，

你注目瞩望过祖国的黎明，

为什么当阳光洒遍大地的时候，

你依然保持着沉思的面容？


啊，新的历史不是一块水晶体，

就是水晶体，也会含有杂质和灰尘。

但愿我们拥有你成熟的大脑，

但愿我们拥有你犀利的眼睛。

# 莫愁湖（两首）

题记：莫愁湖边，依据传说，树立起一尊莫愁女的塑像。

## 情思

一个长期处于忧患中的民族，

偏能起出如此乐观的湖名。

莫愁湖，不见你一丝波纹，

不见的波纹，撞击着我的心。


青楼歌女的屈辱，

渔人舟子的飘零，

宋齐梁陈的荒淫，

——沉入了湖心。

老人开怀的朗笑，

孩子嬉戏的天真，

少女青春的歌声，

醉红了湖畔流云。


呵，革命斫断了民族的愁根，

我们为建造永恒的欢乐斗争。

莫愁湖，不见你一丝波纹，

不见的波纹，撞击着我的心。


## 乡情

慢悠悠，一千五百年，

你始终如一地伫立湖滨，

穿着如许单薄的衣衫，

苦等出征戍边的离人。


太累了，回房去躺会儿吧，

你怕错过那企望的时辰；

太累了，坐下来歇会儿吧，

你怕误认了湖上的归篷。

春迎江南草绿，

秋送雁过金陵，

夏夜情长恨夜短，

立尽残阳，站彻严冬……

贫寒的姑娘，

赤诚的心灵，

多少情侣从你身边走过，

默默地，校正着爱的天平。

# 长城写怀

就像一条夭矫的巨龙，
雄踞在祖国的千山万壑，
风涛在每一处墙垣上长啸，
是万里长城在唱着一支歌。

一支古老而又遥远的歌——
秦时明月映照着铁甲金戈，
汉关前线呜咽着战马的嘶鸣，
烽火台挥动着燃烧的胳膊。

青山记着蒙恬戍边的土堠，
夕阳记着李广屯兵的村落，

为了捍卫每一寸神圣的土地，
血肉之躯筑起这不屈的城垛。


致敬，浴血奋战的前辈英烈，
致敬，雄关下的青冢荒墓，
是你们把生命交付了泥土，
长城才拥有万世不摧的基座。


今天，我抚摸城头一块块砖石，
心头，有一支不朽的赞歌应和——
十亿炎黄子孙厉兵秣马，
我们是不负祖先养育的后人生者。


于是，神州大地澎湃起新的洪波，
振兴的大业更比万里长城巍峨，
起飞吧，东方巨龙，
起飞吧，我的祖国！

# 山泉

我是山泉，

我对海洋无比向往。


峡谷里——

一道闪电，

是我弟兄

献身的形体；

悬崖上——

丝丝银弦，

录我姐妹

牺牲之绝唱。

在无数SM般的征途，

也有迷路者

被闲花野草

诱入陷阱

——埋葬了青春的瞩望；

被枯枝败叶

拽进泥沼

——熄灭了生命的波光。


岁月的年轮

一圈圈刻在山梁。

大雷雨——

浇铸着透明的信仰；

暴风雪——

孕育着奋进的乐章。

矢志不渝的战友

没有胆怯，

没有沮丧。

沿着历史的绝壁，

跨过死亡的边界，

总是朝前，

总是流淌。

千回百折出山来，

汇成江河向海洋——

理想是征帆

意志是河床……


哦，不死的山泉，

不死的对海洋的向往。

# 中年之遇

——赠 V·S 君

## 一

三十年离别兼葭苍苍，

三十年相遇白露为霜。

啊，故乡——

我们心灵的罗盘，

永远向着你的磁场。

## 二

莫叹青春易逝，

且歌壮志豪情——

我们有蒋筑英一样

苦楝树憔悴的面容；

我们有陆文婷一样

合欢花纯美的心灵。


三

一个在北国的温室里播种，

一个在南国的校园里耕耘。

我们是拼命的打稻机哟，

献给祖国——

一个个金色的收成。


四

大地的心是欢慰的，

从深夜，到黎明，

当我们不息劳作的时辰。

因为，我们的肩头——

挑着民族振兴的梦。

# 五

道一声珍重，道一声平安，

两叶中年之舟大海扬帆。

为了明天，我们不息地航行，

从现在，直到永远……

# 中年之颂
## ——赠 V·S 君

### 一

两颗星球有着各自的轨迹，

三十年，才偶尔相遇一起——

我们没有了儿时的天真，

儿时的天真已深埋在故乡的河底。

我们却拥有生命的大潮，

生命的大潮汇集于江河，澎湃于天地。

### 二

难忘的，是声笑如花的岁月——

那是我们在月光下捉迷藏的日子，

那是我们去森林里采蘑菇的日子，

那是我们往夏令营载歌载舞的日子。


自豪的是，肝肠似火的年华——

那是我们在张志新的牢房受刑的日子，

那是我们在陈景润的斗室熬夜的日子，

那是我们在罗健夫的发射场上起航的日子。


## 三

我们是清贫的——

清贫得像陆文婷买不起

儿子的白球鞋一样的清贫。

我们是富有的——

富有得连葛朗台都要

垂涎三尺一样的富有。

我们的生活是清贫的。

我们的事业是富有的。

## 四

你领着伢儿要离乡上路了。

我牵着女儿要离乡上路了。

向着明天，不怕征路遥遥——

我们用中年充实的微笑，

使离愁变得永远美好。

# 中年之旅

## ——赠V·S君

一

在这人生的驿站，

我们不期而遇，倾心交谈——

辛酸消融于朗笑，

热泪凝固成豪迈。

尽管动乱的皮鞭；

抽打过我们的青春；

正是皮鞭下，崛起

忧国忧民的硬汉！

## 二

是巉崖间闯荡而出的激流，

是蓝天里曾被追捕的群雁，

是大森林遭受过雷击的大树，

是地壳深处喷薄欲发的火山。

哦，不知有哪一部中年史，

会是这般离奇，又这般灿烂，

这般充实，又这般艰难⋯

## 三

我们的头上早生了华发，

我们的额上早生了皱纹，

因为我们像陆文婷一样的辛劳，

因为我们像陆文婷一样的清贫。

沉重的十字架曾压弯脊背，

只有一颗心，永不衰老，永远年轻——

昨天，为祖国的苦难喋血，

今天，为中华的振兴搏动！

# 四

结束了，肆虐着死水和腐草的雨季，

开始了，一个春天丽日般的世纪。

在东方这块古老而年轻的土地上，

我们行进的步伐使世界惊叹唏嘘——

蒋筑英倒下了，我们继起，

罗健夫倒下了，我们继起。

天安门前应当有这样一幅浮雕。

伟大而悲壮的中年之旅！

# 井冈山谣

## 瀑布

一幅历史的长卷，

挂在悬崖峭壁前，

群山惊异于它的磅礴，

留出如此阔大的空间。


喷珠吐玉，

奔雷挟电，

朝霞刺绣燃篝火，

夕阳掩映绽杜鹃。


走兵马，荡硝烟，

藏史诗，传经典，

留给后人细细读，

井冈瀑布万万年。

——写于龙潭

## 枫石

一股浩然之气，

把压顶巨石冲破，

附丽于不屈的精灵，

凝成这力的雕塑。


抱石的根须

——钢的基座；

旁逸的虬枝

——钢的脉络。


不死于屠杀，

不死于战火，

井冈山熊熊炉膛，

锻造出这传世之作。

——写于宁冈

# 校园升旗仪式

校园里最庄严的，是
每周星期一早晨。

同学们小声地说着话。
胸前佩戴的红领巾，
昨晚特意放在枕头下，
压得没有了一点皱褶。
不修边幅的老校长，
唯独这一天早上，
穿的是用熨斗烫过的
有棱有角的衣服；
并把消瘦的腮帮上的胡髭

刮得精光。

大家像急着要上哪里，
然而又不急于去那里。
一束束目光
从不同角度，投向
操场上绿茵茵的草地，
草地上蓝瓦瓦的天空，
天空上盘旋着的鸽子。

钟声响了，
汇聚起一个沸腾的海。
乐曲奏鸣，
感动了一个静谧的湖。
暖风从水面上吹过，
没有掀起波浪，
只有心的羽翼翕动。
母亲的心，牵着
年幼的、年轻的、年老的
儿女的心，

沿着生命的垂直线

一步步攀登。

四围的绿树把臂膀，伸向

垂直线的顶端——

太阳的故乡。

太阳照耀着一座森林。

所有的树都是透明的，

齐仰望着蓝天

格外的明朗、高远……

# 旗

## ——访全国农业劳模李呈桂

是在我戴红领巾的年纪，

便认识了你——

五十年代翻身的田野上，

一面迎风招展的旗。

今天才有缘拜会——

在春天解冻的田野上，

一位老农卸下肩上的稻种，

迎接我，双手沾满黑黝黝的泥。

我贫瘠的想象描绘不出：

你是怎样带着稻穗的芳香，

走进灯火辉煌的怀仁堂，

去行使全国人民代表的神圣权利；

又是怎样带着泥土的憨厚，

被押上"大批判"斗争台，

去接受狂风暴雨的洗礼。


我只见到你：

挂着孩子一样天真灿烂的笑，

唱着山岳一样雄浑粗犷的歌，

在希望的田野上——

播种着，播种着，

播种着老老实实的庄稼汉

一个古老的童话，和

一个新鲜的希冀。


啊，一杆迎风招展的旗，

不褪的色素来自哪里？

若是掘开地幔的深处，

定能发现粗壮的根须。

# 港口

## ——写在结婚登记处

田野丰收了，

爱情也同时成熟。

在这热闹的港口，

泊来一片青春之舟。


结婚还得排队哩，

杯杯美酒醉心头。

在填平沟壑的田野上，

爱情可以自由行走。


接过去呀，

不必害羞,

结婚证书是面帆,

生活召唤勇敢的水手。


让春风送你们启程吧,

忠诚永远守候在港口,

唠唠叨叨嘱咐些什么呢?

记住今天幸福的源头。

# 生命

一段干涸的河床，

深褐色的躯体，

斜斜地

躺在静寂的原野——

那悠悠的渔歌呢？

那粼粼的波光呢？


我不知道，

它是怀着怎样的深情，

吻别两岸如烟的柳树

和沙滩上每一枚贝壳；

又是怀着怎样的眷恋，

折叠起最后一片帆影

和最后那一朵浪花。


但我知道，

它走时是坚定不移的，

也是快快乐乐的。

因为山那边新修的大河在召唤，

更加波澜壮阔的事业在召唤。

似战马听到昂扬的军号，

它足不旋踵地走了——

一身淋漓的大汗，

一路哗哗的足音。


于是，这里留下了

一道历史的辙痕，

一段河流的化石。

但是，新修的大河记住了它，

大河两岸的高压线记住了它，

万顷肥沃的良田记住了它，

像满天星斗般

驱散暗夜的灯火记住了它。

哦，死去的河流是不死的。

村民们正踏着晨光，

唱着春歌走来。

在小河的遗址上，

用犁铧构思着——

一首关于生命的抒情诗。

# 盲人小歌手

听说，你是

被父母遗弃的。

他们像害怕瘟疫一样，

把你远远地、

远远地丢到这方。

只因为你，没有

一双明亮的眼睛——

可他们生下你

便是这样的呀！


城市，听到了

寒冷的子夜的街头

那一阵凄厉的啼哭，

她，穿着睡衣

匆匆地赶来了。

从此，你姓国——

《千家姓》上没有的"国"，

世界姓谱上没有的"国"。

孩子，是咱们国家，

把你悉心地哺养。


阳光下——

孤儿院的阿姨

牵着你，从

温暖的襁褓，走向

灿烂的少年。

惬意时你一声朗笑

——多少人欣慰；

无意中你一声叹息

——多少颗心惊慌。


一切无法向你隐瞒，

你全都明白了。

于是，

你执拗地，要使

自己成为一名歌手。

我知道，你为什么

要歌唱。

一双多么明亮的眼睛

——长在心上。

长在歌上。


歌唱——

绿的树，

白的云，

圆圆的太阳，

弯弯的月亮。

歌唱——

动的河流，

静的山冈，

繁华的城市，

富饶的田庄。

我知道，什么。

在你的心头，有着

最沉甸甸的分量。


你的歌——

在共和国的山水间

涌动着爱的波浪。

在涌动着爱的波浪上

眷恋着，不肯离去的凤凰。

# 村韵（三首）

## 洗衣歌

七彩丝　在枝头

织出了春之匆忙

洗衣人　在水边

拨响了心之歌唱

揉进去一缕缕温情

抖出来一道道金光

啊南方

啊山乡——

精致的唱片

漾在清凌凌的水波上

生活的圆舞曲

在蓝瓦瓦的天空飞翔


## 演出之前

浓施粉黛，

淡扫蛾眉，

朱唇一点梳妆毕，

对镜笑微微。


问镜里姑娘：

"今晚我扮谁？"

答镜外姑娘：

"扮谁你都美。"


幸福生活，

胜似剑兰吐芳菲。

但等帷幕升起时，

台上台下人共醉。

## 苗岭木叶声

最婉约的，

也是最庄严的。

只要听到它，

亲情便会踏倒

荆棘，攀过

层峦，沿着

崎岖，应召而来。


当木叶声声

吹落一天星斗时，

苗岭处处

便能拾到——

比星星还多的

果子。

# 阿诗玛<sup>*</sup>

爱情赋予石头生命，

石头赋予爱情真诚。


真正的爱情

是这样永恒——

任朝朝暮暮

风风雨雨

冷冷清清

凄凄惨惨戚戚⋯⋯

生也盼，死也等。

---

　*　注：著名的云南石林中，有一块巨石酷似一位撒尼人姑娘。电影《阿诗玛》中的阿诗玛即以此造型。

爱情遇到死亡，

死亡了，

化作石头也不变心。


云贵高原上，

一座爱之神。


呵，定情的男女

应来到这里——

听阿诗玛

无声地传教；

然后请她

为你们证婚。

# 蝴蝶
## ——西双版纳风情

当我离开西双版纳的时候，

在停车坪，有一只

斑驳的蝴蝶

亦然停歇在我的肩头。


它朝我扇动着

一对美丽的大翅膀，

好像是诉说什么心曲：

是要我留下呢，

还是要跟我走？

看那颀长的触须，

若不是用西双版纳

七彩的阳光抽丝，

哪会如许晶莹剔透？

从那扇形的翅膀上，

我读到了——

翡翠的孔雀湖，

流金的澜沧江，

飘香的椰子林，

婆娑的凤尾竹。

对西双版纳

浓浓的乡情，和

对远方来客

淡淡的离愁……


我忍不住把它握在手心，

却感受到它博大的抽搐——

一旦离开这神奇的边陲，

它青春的丰姿，哪能还有？

啊，蝴蝶，朋友：

我不能长留

（如同我不能不来）

也不能将你带走。

（如同你不能将我长留）

你我都有自己的家乡，

只能友好地

依依分手……


于是，当我登上班车时，

我向西双版纳

十月的晴空——

放飞了这只

斑驳的蝴蝶。

哪知，这斑驳的蝴蝶

还要再送我一程——

不信，你看它绕着汽车

翻飞，不走……

# 致景洪<sup>*</sup>

太阳——早起的清洁工。

用七色的丝绸

揩拭每一片屋顶；

用镂金的香水车

喷洒每一片树林。

孔雀湖是梳妆的明镜，

晨光中，着上飘曳的彩裙。


景洪，黎明之城。

---

风雨花高擎繁星的灯座，

凤凰花搭起迎宾的彩门，

缅桂花染香每一丝空气，

号筒花吹响十里号音。

街道是花的河谷，

高楼是花的屏风，

就连不是花的树叶儿，

也有花的风姿、花的神韵。


景洪，花园之城。


从没有花木的昨天走来，

才更加酷爱花木的峥嵘；

从没有黎明的世界走来，

才更加珍惜黎明的风景。

屹立在祖国的西南边陲

黎明也枕着刺刀，

鲜花也亮着眼睛。


景洪，英雄之城。

# 傣家村寨（外一首）

绿树繁花的海域里，

停泊着傣家的竹楼，

像一面面鼓荡的篷帆，

在晴天丽日下抖擞。


傣家的竹楼，

安谧、端庄、灵秀。

像脉脉含情的傣家少女，

肩挨着肩，手携着手。


一幢幢竹楼，

一座座开花的庭院，

竹篱笆关不住的春天，

把芳香和色彩抛向村口。


村口——

单车儿，嚓嚓。

汽车儿，嘟嘟。

马车儿，橐橐。

牛车儿，悠悠。


黄昏，洗净一天繁忙，

笑语溢出每户竹楼，

老人小孩围着赞哈①，

一曲歌谣，一杯舒心的美酒。


依少卜冒②情相约，

最喜月上树梢头，

菩提树下，西装和筒裙，

在做最亲切的交流……

① 赞哈，傣语，能歌善舞者，即傣族民间歌手。

② 依少，傣语，姑娘；卜冒，傣语，小伙子。

呵，绿树繁花的海域里，

停泊着傣家的竹楼。

是一面面平和的篷帆，

眷恋着幸福的港口。


## 赞哈的歌

像澜沧江流长，

像贝叶经古老，

赞哈的歌——

傣家人的骄傲。


没有深沉的笜①——

菠萝不结果。

田土不长苗。

没有深情的歌——

凤凰不开花，

孔雀不落巢。

---

① 笜，傣族乐器，类似笛。

漂泊中的风帆，

迷途中的路标，

坐骑上的铃铛。

抚慰过心灵，

酿造过风暴，

锻冶过砍刀。


千里采风来傣乡，

脚被竿声牵着跑，

赞哈送我千首歌，

首首都是红玛瑙。

# 睡美人（外一首）

题记：云南西山，著名风景区。位于滇池之畔，中有一段，酷似睡美人，故名。

蓝天下，
青春的胴体——
婀娜的身姿，
隆起的乳峰，
松散的发髻。

浪花吻着你。
白云吻着你。

你委实睡得太久，

久得和世界

拉开了距离。


我想涉过滇池

把你从梦中唤醒；

又不忍破坏你的睡姿

和梦境中的旖旎。


一支咏叹调，

一支圆舞曲。


终于，我悄然来去，

一声呼唤在心底：

莫相忘——

长相忆。


不应沉睡的历史。

应当永恒的美丽。

## 澜沧江

一根结实的彩带，

系住两岸茂密的森林；

朝霞映照着江水，

呵，看那满江的金鳞。


澜沧江步履匆匆

把每一座傣家的竹楼探问；

澜沧江曲曲弯弯

走访每一处哈尼族的窝棚。


水也深深，意也浓浓，

绵绵都在一江中。

母亲惦记边疆的儿女——

托澜沧江，传递

加倍的深情……

# 校园林荫道

被春风送走书声一路，

随红雨又铺一路书声。

校园深处林荫道，

莫非是用知识的颗粒垒成？


新学员爱你的浓荫掩映，

放声诵华章，唤醒黎明。

把你比作江流，怎么样？

上面疾驶着青春的帆篷。


老教授爱你的柳暗花明，

一步一沉吟，踏碎黄昏。

把你比作琴弦，可相当？

祝贺吧，新论文的诞生……


怎能说是囿于校园一角？

难道不是祖国的一根感应神经？

大地母亲把你紧紧抱在怀里，

是她输给你智慧的基因。


也许你更像一轮胶卷，

摄下了昨天的薄雾浓云；

当罪恶的黑手伸进校园，

你分明是一根擒敌的长缨！


难怪人们说你曲曲弯弯，

原来你直处是箭，弯处是弓。

在攻克科学堡垒的战役里，

你代表亿万攻关者的意志和决心。

赞美你呵，校园林荫道，

你在战士的脚下延伸，

一头连着人民的期望，

一头连着祖国的富强、繁荣。

# 深圳风景线（二首）

## 开荒牛

题记：深圳市委、市政府办公大楼前坪，有一尊牛的青铜雕塑，被称为"开荒牛"。

记住创业之初，
警策创业之后……

粗壮的颈，
俯垂的头，
鼎力前蹬的四肢，
紧绷隆起的肌肉。
牵引着——

盘根错节的昨日，

民族振兴的重扣，

尚未结束的争论，和

渐趋稀少的担忧。


没有你，

那三十六处文物，

五十三层高楼，

脚手架上暴晒的青春，

夜总会里缠绵的歌喉，

工业区巍巍的厂房，

度假村依依的垂柳，

便容易注释成

一支不协和的变奏。


有了你，

这崛起的现代化城市，

便有了新颖的立意，

明确的主题，和

严谨的结构。

你是深圳的产娘，

深圳驮在你的肩头……


## 中英街

题记：原是沙头角镇中的一条小河，后淤积成一片泥泞草地。甲午战争后，英国强迫清朝政府将沙头角镇割为两半，分别由两方管辖，慢慢形成了这条"中英街"。


血液经过沉淀，

屈辱垒成伤痕，

斜斜的中英街，

倾诉着历史的不公。


这边开花，那边飘香，

那边栽树，这边成荫，

窄窄的中英街，

不能分割的神经。


有人来此，是为了——

法国的尼龙伞，

英国的打火机，和
莫名的探奇览胜。


我只用轻轻的脚步，
丈量深深的恋情——
长长的中英街，
走不出儿女的心胸。

# 长江二题

## 神女峰

亭亭玉立，

迎四方风雨；

一副柔肩，

扛万钧雷霆。


暮为行雨，

洒巫山一身甘露；

朝为行云，

献人间一腔柔情。

舟子记住——

你指点的航程；

农夫记住——

你教授的耕耘。


美丽的女神，

长江的精灵，

任岁月蹉跎，

一丝儿不减风韵。


面对巫山神女，

令天下少女思忖；

无私的生命永葆年轻，

不用脂粉挽留青春。


## 中华鲟

不管命运把你

抛掷到哪片海域，

在茫茫大海上，

你总能找到

游回故国家园的路程。

幼年闯荡大海，

十年一度探亲。


繁华的异邦不靠，

迷人的港湾不停。

你认得长江口，

美丽的尾鳍一摆，

便牵住了母亲的衣襟。


溯江而上，

日夜兼程。


金沙江——

有你的产床，

等待远归的女儿

又一次痛苦的临盆。


一代代繁衍，

一代代寻根。

故国家园——

一座大磁场，

中华鲟——

一枚生命指南针。

# 上海诗草（四首）

## 南京路

南京路上的公民，你早！

霓虹灯下的哨兵，你好！

我来到这传说纷纭的地方，

看到的是一幅溢彩流金的画稿。

不能说香风都属于资产阶级，

那样岂不在厕所安家最好？

南京路，繁荣昌盛之路，

祖国，应该有千万条这样的大道！

## 豫园

四百年前筑起这地主的庄园，

妄想世代享有这封建的特权——

亭台赏月，金屋藏娇，

曲径通幽，楼阁相连……


到头来不过是一枕黄粱，

豫园，无声地把真理讲演：

腐朽的是没落阶级的上层建筑，

不朽的是能工巧匠的艺术实践。


## 外滩

地图上看你似新月弯弯，

何人赋予你妩媚的容颜？

明净浦江是胸前的飘带，

摩天大楼是巍峨的桂冠。


外滩，并非从来如此迷人，

铁蹄曾踏碎江岸的栏栅。

绿树下的情侣们敬希记住：
幸福是千百万人的热血浇灌。

## 吴淞口

长江在这里欢迎浦江，
浦江在这里投入长江，
汇成奔腾不息的洪波，
奔向东方辽阔的海洋。

吴淞口，一只偌大的酒杯，
斟满芬芳的玉液琼浆——
敬给向四化进军的祖国，
向着灿烂的明天远航。

# 草原魂（外一首）
## ——写在大庆第一口井

热血浇铸的钻头，

经冰雪淬火，穿透

零下三十度严寒，

把大草原，拉成

满月的弓。

靠窝窝头支撑的硬汉

绝不妩媚——

恨不得一身血脉

都是输油管

锲进大地，

向祖国输尽

一腔赤诚。


四十九岁①，短暂。

短暂怕什么？

活就要活得

红高粱般热烈；

钢铁般

掷地有声。


莫说铁人早已离去，

听采油机日夜轻歌——

那是他对亲人的

绵绵絮语和

对人生的恋恋深情。


只要提起他的名字——

草原就掉泪，

钻塔也惊心。

① 注："铁人"王进喜去世时年仅四十九岁。

英雄男子汉，

茫茫草原魂！


## 旅顺口

海岸被践踏过。

村庄被烧掠过。

生灵被屠戮过。

只有民心如大海——

有潮汐，

但不会沉沦。


一个侵略者的碉堡。

另一个侵略者的碑林。

两个侵略者在战火中

交接的监狱，和

碧海苍山一道，

被睿智的历史

组合成

——风景。

祝福你——

每一朵浪花，

每一只海鸥，

每一片帆影，

每一个军歌与情歌交汇的夜晚，以及

每一个朝霞共海天一色的黎明。


为了海域平安，

海底潜伏雷霆。


我在旅顺口

读一部巨著——

蔚蓝色的封面上写着：

　"战争与和平"。

# 写在庐山会议旧址（外二首）

多雾的季节，

多雾的山峦，

多雾的会议。


一朵云

——挟闪电的云。

若是仙游在外，

若是天不招来，

哪会有——

雾海中那一串惊雷，和

随之而至的暴风雪……

历史莫非一试：

第四纪冰川

冻得住灵山秀水，

看冻得翻

这条硬汉不？


茫茫天宇下，

从此两座庐山：

一座，风光绮丽，

一座，铁骨铮然。


## 鞋山

题记：位于鄱阳湖通向长江的鞋状孤岛，传说是一位仙女失落的绣履。昔日渔民商贾建庙其上，求仙女保佑平安。


丢只绣花鞋，

看谁拾起来？

渴望爱的回报，

却被当神膜拜。

此处阴差阳错，

香火熏黑尘埃。


冷了少女心，

湿了这只鞋。


湿了的绣花鞋，

依然在等待。


给它一支舞曲吧，

定会旋转起来……


## 醉石

题记：高七八尺，宽一丈余。晋代大诗人陶渊明隐居庐
山，醒行吟于垄中，醉则卧于此石，故名。


一颗诗心，

怦然跳动，

在庐山之南。

酒痕淡淡，

泪痕斑斑，

血痕灿灿，

——史诗最佳封面。


醉石？醒石。

说给女娲听：

此石可补天！

# 校园拓荒者（外二首）
## ——献给我的老师

为了便于献身：

你选择了一个最佳角度

——永远与土地保持平行。


黑黝黝的土地啊！

忘情耕耘的牛啊！


耕耘如此艰难，

不用犁铧用的是手——

踮起了脚，

佝偻起腰；

扭曲着身子。

为的是不荒芜

土地的每一个旮旯；

并企望从那里

创造丰收。


"牛棚"岁月

凄风吹曳一支残烛；

一旦回到土地跟前，

濒于枯萎的生命

便得到强大的复苏。


收工的铃声响了，

是又一次耕耘的歇后

——你惬意地回转身来

（定格）

一尊拓荒者的浮雕，

披满头洁白的花絮。

跟前，站起一片

祖国的新生林。

——肃穆中，有
母亲的气息，在林间
久久地回流……

## 桥

昨夜，一场暴雨，
浸没了村边的小桥；
黎明，一位姑娘，
守候着桥上的波涛。

当村庄走出上学的孩子，
姑娘高高卷起的裤脚，
微风吹拂头上的纱巾，
就像一簇燃烧的火苗。

淌过去，河水湿了衣裳，
淌过来，汗珠挂在眉梢，
怀抱童年的梦幻，
肩负园丁的辛劳……

孩子长大之后，

定会珍惜这个清早，

连同搭在心灵深处的

一座璀璨的金桥！


## 等雨的小女孩

一个五六岁的女孩，

站在校门口等雨。

披着粉红色雨衣的肩上，

扛着一把翠绿的尼龙伞。


她匆匆赶到这里，

为的是给体弱的邻居姐姐送伞。

可是糟透了——

太阳钻出来了！

等雨的孩子委屈得要哭了。


邻居姐姐出来了，

臂膀围住失望的小女孩：

"小妹妹真好！

姐姐发炎的眼睛正怕阳光照！"

绿色的尼龙伞撑开来，
拥着粉红的雨衣朝前走，
人流里，阳光下，
像一朵美丽的荷花……

# 美丽的太阳岛（外一首）

太阳下的太阳岛，

拥有亿万个太阳——

在飞溅的浪花里跳着，

在绵长的沙滩上躺着，

在浓密的树荫里闪着，

在归来的白帆上写着，

在孩子的瞳仁里笑着，

在老人的心头上亮着，

在少女的唇边唱着，

唱郑绪岚唱的《太阳岛》。


答谢太阳的厚爱，

太阳岛酿造生活的芬芳——

那如峰的塔影醉了，

那如海的草地醉了，

那松花江涤荡情怀的涛音醉了，

那白天鹅飞越长空的歌声醉了，

那林子里的迪斯科节奏醉了，

那沙滩上的比基尼泳装醉了，

那蓝天白云金沙碧水绿野繁花醉了，

太阳岛，礼赞太阳的辉煌。


## 人证

——写在侵华日军 731 细菌部队遗址


生长着大豆高粱的黑土地，

肆虐过霍乱鼠疫的黑土地。


焚尸炉，冤魂呐喊；

瓦斯房，壮士怒目；

细菌室，母女啜泣。

三千无辜，三千人证
含恨倒地化春泥——
孕育遍地的大豆高粱，
昂然一股悲壮之气。

哦，不屈的死亡，
结成不死的军旅。
那千千万万片绿叶，
是千千万万面
保卫和平的战旗。

# 湘西写生（两题）

## 小河筒车

一支古老的歌，

源于冥冥深处。

在时代的弯弓上，

感到晕眩和震颤。

依恋的是苗岭的回忆，

向往的是苗家的梦幻。

咿咿呀呀——

把沉重的历史告诉

现在；把躁动的现在

说给未来……

## 苗寨村姑

你钟情于土地，

土地才厚爱你。

长在深闺人未识，

美漫湘西。

我轻轻按动快门，

企望录下你的天生丽质；

又生怕惊飞了你——

唇边那串鲜嫩嫩的

苗歌，和眉间

那丝水灵灵的秀气。

# 丹顶鹤

出于对人类的戒备，

你把家，安在

人迹罕至的地方。


风声鹤唳——

是饱尝过太多的痛苦。

罗网的暗算，

陷阱的阴森，

子弹的嚣张。

美的极致，

会使你落泪的：

当她戴着熠熠生辉的红帽，

披着黑白相间的霓裳，

唱着无字的情歌，

涉过爱河——

振翅向你飞来时。


于是，北大荒一隅

二十一万公顷的

草原、湖汊、芦荡

（还应当包括天空）

成了自然保护区——

美，终于得到尊重。


丹顶鹤——

吉祥与你同在，

自由与你同在，

幸福与你同在。


美丽的鹤乡，

深刻的启蒙：

地球，是我们的，

"我们"——

并不光指人类。

# 太阳雪

下雪了

你离开我

去远方


你轻轻说

我会回来——

等着我


雪在消融

一洼洼

蓄满离人泪

一握手

也许是再见

也许是永别


太阳　雪

殷红的雪太阳

惨白的太阳雪

# 榕

题记：阳朔境内，有一千年榕树，传说是刘三姐和小牛定情的地方。

这故事
永远年轻
虬枝挽住它
铸成雕塑

伞
撑开的伞
永远撑开的伞
搁在风雨边缘

庇护谁的呢

网
撒开的网
永远撒开的网
扬向岁月故里
想打捞什么

结过婚的知道
离过婚的知道
没结过婚离过婚的也知道
但大家知道的不一样

# 珍珠

老年人的泪

都是浑浊的吗?

你睫毛上闪动的

分明是珍珠

——晶莹的珍珠

清晰地

折射出生命的轨迹。


大巴山下，嘉陵江畔

跑出来，一位

逃婚的少女

——很有几分罗曼蒂克地

离家出走，到湘南山区

当了一名游击队员，

战火，是歌的培养基。


祖国。黎明。

珍珠般的五十年代，

你把珍珠般的歌谣

献给了

——苏醒的大森林，

解冻的扬子江，

崛起的脚手架，

奋进的推土机。

献给了

——蒸蒸日上的国土，和

这片国土上挺直了腰杆的人们。


不幸，一场狂飙

将你打入炼狱。

在你成为战士歌手的地方，

你以囚徒的身份

伐木、开垦、播种。

放下了笔

——用另一种形式耕耘，

操起了犁

——用另一种形式写作，

只有心，依然

——蕴积着青春的律动，

尽管遭到尘封……

今天，你的歌

——比瀑布更壮观，

比山花更瑰丽，

比白云更缠绵，

比蓝天更宽广。


有人说：

"咦，写这诗的

一定是命运的宠儿！"

你安然回答：

"大千世界的苦难

只是幸福的另一种形式，

——生活，

毕竟是美丽的！"

是的，一旦剔除尘封，
珍珠会加倍地明亮，
也只有明亮的珍珠
才能最充分地
感受到太阳的光芒。
——新时代
从久远的生活中
找回了遗失的孩子，
把一位
年迈的战士
编进了长征的队列！

哦，你伸出双手
捧起了一手的阳光，
晶莹的珍珠，闪烁在
经纬的光线上，
伫立在春风中
你哭了。

散文篇

# 祖国万岁

　　人的记忆就是这样奇特：有的轰动一时的重大事件，到头来只不过是过眼烟云，转眼便不留踪迹，而看来平凡的一事一物，倒活灵活现地长留在人们的脑里。

　　比如像这一幅画吧，它的题目叫《祖国万岁》，画的是一群赤条条的穷汉，冲出黑暗，举起双手，迎接新世纪的光明。这画出现在一九四九年解放时我故乡的古城墙头。由于当时的物质条件，画料是锅底灰加墨汁；限于作者的绘画技术，人物的五官还有些比例失当。但是穷汉们那种对新生的祖国的欢呼雀跃之情，那种要光明，要翻身，要幸福，要解放的渴望、追求、理想和意志却被刻画得真真切切，几乎使每一个过路人都受到启蒙、震撼和激励。解放后的那些年代，人民不正是这样把身上蕴藏着的一切光、热、智慧和力量献给新生的祖国，献给我们的事业和斗争的么？我亲眼看到千百万穷汉拥有了自己开辟的田园村庄；亲眼看到千百万穷汉怀着翻身的喜悦，奔赴抗美援朝，保家卫国的前线；亲眼看到千百万穷汉离别妻室儿女，投身到恢复国民经济的滚滚洪流……古城墙头反映祖国跃进的宣传画日日更新，尽管如此，那幅《祖国万岁》的画却始终保留在一切画幅的中央，因为人民懂得：它是我们祖国和民族新生的象征。

到后来，这幅画据说有丑化社会主义现实之嫌而被粉饰掉了。"文革"十年内乱我回到故乡，那幅画的地方换上了一条标语：宁要社会主义的草，不要资本主义的苗！我看到肥沃的田垄里，稻禾稀疏，一种强大的破坏力，在祖国大地奔突！我的心，像被猛击了一铁锤！当晚，我做了一个噩梦，梦见我依偎在祖国母亲的足下哭泣，而母亲祖国正在痛苦中呻吟……

难道历史的车轮在驰过一段康庄大道之后，就该理所当然地退回到它的出发点么？不，从来没有一个虐待祖国母亲的家伙能逍遥法外，而不受惩罚的！当一九七六年十月春雷震响的时候，我终于看到了祖国母亲揩干身上的血污，从屈辱中顽强地抬起头来，挺起胸来。呵，冰封的江河解冻了，沉睡的群山复苏了，长草的土地长苗了，生锈的马达转动了，停泊的轮船启航了。道德、尊严、民主、科学，又从黑牢中解放出来，开始——回到我们的身边，人民的手中。我们的事业从来没有像今天这般兴旺发达，我们的人民从来没有像今天这般意气风发，我们的祖国从来没有像今天这般蓬勃向上。

是的，春天里还会有一股股冷风袭来，但是春天是毋庸置疑地到来了。是的，前进路上还会有礁石挡道，螳臂当车，但是历史是不可阻挡地向前进发了。暂时的困难怕什么，暂时的贫穷算什么，我们会好起来的。一个身披"四个现代化"盛装的祖国母亲必将屹立在世界的东方，举起你的双手迎接她吧。于是，我的眼前又陡地升起了古城墙头上的那一幅画，同时又听到了画幅中穷汉们心底里呼出的最强音：祖国万岁！

# 在苗家做客

## ——湘西散记之一

出吉首西行约二十公里处，有一苗族聚居的村寨——德夯村。

四面山峦环合，中有小河流淌，屋藏青山坳里，田隐云雾深处，使人想起伊甸园。

我们几个报界同仁驱车前来，已是初冬薄暮时分。村口响起一片鞭炮声和富有浓郁乡情的唢呐、喇嘛号声，苗家待我们以迎接尊贵客人的礼仪。

村党支书领我们穿过人群，走进一幢新修的木楼。我们围坐在熊熊的火塘旁，喝着香甜可口的爆米红糖茶，寒意顿消，如坐春风。主人时老大爷年过七旬，热情豪爽，向我们讲述这个只有八十来户人家的苗村辛酸的往昔和幸福的今天。党的政策的光照，使他一家六口过上了富足的生活，他感到十分惬意。

说话间，主人家已备好晚餐。饭是五色饭，酒是苞谷烧，菜之大半是酸菜：酸肉、酸鱼、酸鸡、酸萝卜……菜丰酒香，别具一品，典型的苗家风味。尚未落肚，我们已觉微微的醉意。

酒酣苗歌起，劝酒客人前。不知什么时候，一群苗家姑娘已挤满堂屋，先用汉语唱起了劝酒歌：尊贵客人到苗寨，苗家没有好饭菜，多喝几碗苞谷烧，走遍天涯暖情怀。

一曲刚终，苗歌又起。从那婉丽的曲调和盈盈目光中，我感悟到当是一首情歌。经导游翻译，果然使人动情：花儿就在门前栽，无人赏来淡淡开，若是有人登门望，任他看来任他采。

不知是醉于酒，还是醉于歌，座中有几位很有点"但使主人能醉客，不知何处是他乡"了。按苗家风俗，劝酒必须喝酒，唱歌必须对歌。长沙晚报社的张总乘着酒兴，回报了一首《莫斯科郊外的晚上》，赢得满堂喝彩；湘潭日报社董总二人的一段交谊舞，也博得一片掌声。一个有着深厚文化积淀的民族，对待外来文化表现出如此宽容和友好，令人感动。

想不到，事态陡然严重起来：苗家姑娘拿出一根根精心编织的瑰丽的花带要送给我们。来时路上，导游曾交代过：苗家姑娘的礼物往往是定情的信物，不可随意接受。想必是我们的迷惘和窘态引得导游哈哈大笑："苗家姑娘的礼物一送情人，二送贵客，你们是贵客，放心收下吧。"一席话引发了懂汉语的姑娘们一串串银铃般的笑声。我们受宠若惊，依次走上前去，收下了她们的深情厚谊。于是，欢歌笑语又飞出苗家新木楼，融入苗寨静谧夜。

德夯村，汉译：美好的村庄。世上名不副其实的事情太多；而于此处，却是实胜于名。

# 芙蓉镇—王村镇
## ——湘西散记之二

生活和艺术，到底哪个更具有诱惑力？湘西之行，使我陷入了困惑。

就说眼下这小不点儿的王村古镇吧，因为曾被选作电影《芙蓉镇》的外景地竟名噪四方而不衰。但是，不少人又偏偏记不住影片中的女主人公胡玉音的芳名，记得牢牢的倒是她的扮演者刘晓庆。

大导演谢晋独具慧眼，这王村镇简直是老天爷特意为拍《芙蓉镇》准备着的。你看它依山傍水，远看像寄托在酉水河畔的一片梦境，近看又像镶嵌于群山胸前的一幅国画。窄窄的，曲曲的，依坡势而上的是千年不改的石板街；悠悠的，涓涓的，是顺山崖而下的万年长在的小瀑布。拥挤的小巷如一盘厮杀多年的残局，雨湿的苔藓在低矮的屋顶上絮语。镇上人声嚷嚷，山间野花寂寂。古朴清新，平和淡雅。就是这样一个只有一两千居民的湘西小镇，一座闭塞得几乎被历史遗忘的酉阳故城，依然逃脱不了那一场浩劫。到哪里去找这样的"芙蓉镇"哟。

颇含几分滑稽的倒是《芙蓉镇》给王村镇带来了勃发的生机。如今，每天平均有上千名游客直奔"芙蓉镇"而来。有的不顾万里之遥，披一身异国风尘。我随着人流在胡玉音卖米豆腐的那片临街地摊前伫立，旁边那株木芙蓉花依然完好，向我们默默诉说那幕闹剧的荒唐；我们在谷燕山被游斗的那段石板街上徘徊，听历史在脚下发出深沉的回响；一群青年男女还特意走到《芙蓉镇》里王秋赦深夜潜入李桂香家图谋非礼的那片窗户前，感叹嘘唏。

《芙蓉镇》剧组在此拍片达大半年之久。自那以后，"刘晓庆热"在小镇长兴不衰。不少姑娘家都以摆摊卖米豆腐为荣了。16岁的姑娘邱爱菊就在码头边的小巷旁，挂起一方写着"芙蓉镇晓庆米豆腐"的布帘，专卖米豆腐。小邱身材苗条，长脸秀发，口齿灵巧，笑靥如花，再加上着装、风度上的有意模仿，竟然酷似刘晓庆。再加上拍电影时刘晓庆所卖的米豆腐全是她家做的，所以生意格外兴隆，每天都要卖上数百碗。几位不识时务的游客在她的摊前喝着别具风味的米豆腐，聊起了杜撰的刘晓庆的传闻，竟使小邱勃然变色，抢白道："脏水到别处泼去，我们全镇上的人都喜欢她。"面对这位刘晓庆的崇拜者和保护人，我感慨良久：当文坛上对一位以艺术为生命的著名演员叽叽喳喳的时候，在这僻远的山村古镇她却拥有一大批知音。人民群众对艺术和艺术家的评价总是异常公允而不带半点尘埃的。

我佩服有识者的好决策，不失时机地把这个《芙蓉镇》的外景地辟作了旅游点。新建的楼房屋宇一律规划到小镇之外，就像一群魁梧的卫士守护着古镇这一枚历史的"活化石"。

入夜，我登上招待所的阳台，俯瞰夜幕下的王村镇，俨然一个恋母的孩子，安睡在湘西大山的怀抱。

# 游猛洞河去

## ——湘西散记之三

山水文章有一种套路：你说此景可称天下奇，他就说彼景更是奇中奇；你说不登这山不算登过山，他就说看了那山无须再看山。若不信，往往留下遗憾；若全信，有时就难免上当。

此刻，当我从王村古镇码头启程去猛洞河时，船上正在播放这样一首歌："家乡有条猛洞河，唱着一支三峡的歌……"

长江三峡我是去过的。偏要看看这条猛洞河，怎么唱出三峡的歌来？

船先要沿西水航行一程。初冬河风刺骨，两岸山野萧然。我龟缩在船舱，渐渐有了睡意，心里竟生出了几分上当的准备。

朦胧中，忽闻船头一声吆喝：看哪，猛洞河！我趔趔趄趄着走出船舱，船早已置身于幽深的峡谷之中。往下看，水击船头，涛声如吼；抬望眼，群山突兀，古树参天。我暗吃一惊，看来这猛洞河不可小视。游船也抖擞起精神亢奋前行，眼看前面一壁悬崖，河断水绝，忽然一个九十度急转弯，船头又闪出碧水萦洄的河道来。此处唤作龙门峡，猛洞河在这里，为观光的游人举行超凡脱俗的迎宾礼。

猛洞河深谙"一张一弛，文武之道"。在一路劲歌之后，把我们送进鸳鸯峡，欣赏一曲缠绵悱恻的抒情歌谣：河面开阔了，水势平缓了，真个名不虚传；一群鸳鸯正在河面戏水，卿卿我我，细语呢喃，不时贴着河面，比翼齐飞。一船游客寂静无声，大概是此情此景触发了大家各自感情历程上那些迥然不一的幸与不幸的回忆吧。船舷边一对新婚夫妇依依相偎，竟忘情地洒下一串泪珠来。

猛洞河不希望游人过久地沉湎于对往事的回忆。鸳鸯峡处，右岸一座群猴栖息的山林，迅速地把游人引进一个欢乐的童稚世界：上百只猴子正在那里追逐嬉闹，游船近岸迎了上去，它们并不惊慌，只是上蹿下跳争食我们扔上去的香蕉、苹果、面包。猴王老成持重，试图对这种局面进行整顿，然而无效，只好无可奈何地回过头来向我们拍掌致意，把满船人逗得哈哈大笑。

船入蛇王峡，则又是一种情趣，一番风光。两岸悬崖峭壁，百态千姿：有的若旗、若剑、若枪；有的似马驰、似龟伏、似牛卧；有的如力士角斗，其气甚壮；有的如情人携手，韵味无穷；有的如渔翁垂钓，怡然自得；有的如宇宙飞船，急欲升空。当云雾来时，有的似顽童追逐，嘻嘻哈哈；有的像盗贼乱窜，探头又探脑。更有溶洞密布群山，可供游人登岸览胜，有的溶洞可徒步探幽，有的则需假舟楫而入。风格迥异，精彩纷呈。

如果说，长江三峡是一部篇什浩瀚的史诗，那么猛洞河就是对这部史诗的浓缩；如果说，长江三峡更多的是以气势恢宏取胜，那么猛洞河更多的则以意境幽深见长。她们莫非是一对芳龄相差不大，容姿相似而有别的亲姐妹？

我伫立船头，叹服造化的鬼斧神工，任思绪沉浸在那一片甜美的旋律之中："家乡有条猛洞河，唱着一支三峡的歌……"

# 金鞭溪之忆
## ——湘西散记之四

从张家界回来已经很久了。

那数千座石峰，被苍天雕塑成一个个高耸的传说，我写不出她的汪洋恣肆；被造化切割成一个个稀世的盆景，我描不出她的典雅隽永；被岁月打磨成一件件无价的珍宝，我道不出她的璀璨辉煌。当我慨叹自己才思不济，正欲收纸辍笔时，冥冥中却有天籁之声飞来：毋忘我！

呵，那是金鞭溪向我发出的不可抵御的诱惑。

于是，便有一股神力在我的心灵上撞击出一片灿烂的激光。

美是创造。我敢说，金鞭溪是张家界一条最富有创造精神和青春活力的小溪。在青春的创造者面前，壁立的群山为它礼让出一条通向遥远的路；它则为两厢的石峰谱写出一首走向世界的诗。走20余里征程，留20余里画廊，至"水绕四门"，化作碧液琼浆一潭。在回首顾盼之后，又打点行装，奔向大河，奔向海洋，唱一支万古不息的创造的歌。

许是受到金鞭溪的感染吧，两岸石峰也开始了动人的创造。我踽行在溪水之畔，抬头望去，只觉云飘石移。前面那座突兀的石峰，分明酷似少妇的倩影；前行十余步，竟然演变为翘首眺望的年老村妇；溪回路转，俨然又是一位顶天立地的男子汉了。神驰间，我自己也不觉异化为溪边一座山，岩上一棵松，水中一条鱼，蓝天一片云……

美是和谐。不能说，像金鞭溪两厢这样突兀的石峰唯此独有；也不能说，像金鞭溪这样晶莹的溪水别处皆无。金鞭溪的妙处在于：一切的和谐，和谐的一切。无论你用多么严峻的眼光去审视金鞭溪，也找不到可以挑剔的微疵。溪中变幻无穷的激流素湍从浅滩五彩缤纷的卵石上淌过，她们正在窃窃私语；阳光穿过杨树林把倒影投在青苔覆盖的小径上，她们在友好晤谈；白云亲吻过奇山异石之后，将曳地的长裙放入溪水里洗涤；云雀吊嗓于翠峦碧峰之后，又到蓝天里去追求霓虹；山风向野果讲成熟的故事；幽壑给奇峰说远古的家史。在这至真至善至美的和谐中，那"让世界充满爱"的旋律便终生铭刻上你心头。

美是征服。我游完金鞭溪的全程，又回归到溪边的金鞭岩下。金鞭溪的勃勃生机与妩媚多姿把金鞭岩这座拔地而起、直指蓝天白云三百余米的巨大石峰映衬得越发气势非凡，就像一根金光闪闪的长鞭挥动在苍茫宇宙之间。站在金鞭岩下，我感到自己正在一点一滴地消失，最后化为一缕青烟，不知飘逝于何处。隐约中我只听得爱因斯坦的一句至理名言："人好像已经解体，同大自然融为一体了。人比平常任何时候都更加清楚地意识到自己是多么渺小，这使人感到非常愉快。"是的，被美征服之日，便是人生最快乐之时。

金鞭溪，感谢你！感谢你给了我高层的审美感悟，给了我深层的哲学思考。

美，到底是什么？去一百趟金鞭溪吧，你至少能获得一百种关于美的答案。

# 橘颂

后皇嘉树，橘徕服兮。受命不迁，生南国兮。……

深夜，我回到阔别经年的家乡。头一件要紧的事，就是急着明天上母校探望那一片久违的橘林。在植物鉴赏家那里，橘树自然不能与苍松，翠柏比美；在美食家那里，红橘也不应与苹果雪梨争锋。但在我的心中，当年由老校长培植的那片橘林却时时牵动着我的一腔深情。

凌晨即起，出了家门。只见汨罗江宛如一根玉带，在晨曦的辉映下熠熠闪光，我记起了"文质疏内兮，众不知余之异采；材朴委积兮，莫知余之所有"的屈原，屹立江边的屈子祠告诉我：一个伟大的魂灵安息在这里。

此刻，河床上下，冰雪继续消融，相互撞击着，发出奇特的浊辅音；近处河洲，杨柳泛着鹅黄，逗引着鸣叫的秧鸡和无名雀鸟；远处关山，淡妆浓抹，如同一幅酣畅淋漓的水墨画。一九七九年故乡的春天格外媚人。

习习晨风中传来隐隐书声，召唤我快步跨进了校园。第一眼望见的便是那一片常在思念中的橘林；曾枝剡棘，更比当年苍劲挺拔；绿叶素荣，犹胜当年郁郁葱葱。阵阵清香送来，沁入五脏六腑，它们长得好乖呵！橘林里，有人背向着我在那儿认真培土，颀长的身影，持重的身姿，几乎使我误认为是老校长。待他闻声斟过脸，我不禁惊呼起来：

"程君，你在这里？"

"是你，从哪方飞来的？"犹恐相逢是梦中，程君伸出沾满泥土的双手，紧紧搂住了我的肩膀。他高兴地说，"难怪昨夜橘树托梦，说有嘉宾驾到哩"。

呵，橘树，君子高洁之树，你把我们这一代校友的心系得是这样牢实。顿时，中学时代的生活就像万花筒，在我眼前五彩缤纷地展现开来——

早春二月，我们在雪压琼枝的橘林前，迎春献诗，那一首首青春的诗篇迎来了老校长的满面红光。

初夏时节，我们在缀满五瓣白花的橘林前，举行新团员宣誓，火红的团旗拂拭着老校长瘦削的双肩。

深秋到了，我们在硕果灿若繁星的橘林前，跳起了丰收的舞蹈，青春的旋律谱进了老校长开怀的朗笑。

岁暮寒了，我们在经冬不凋的橘林前，燃起了向科学进军晚会的火炬，青春的火焰融进了老校长熬夜的明眸。

记忆的荧光屏上，最难忘这样一幕——

我们上高中的最后一年，北方一所名牌大学的中文系商调老校长。原因十分清楚：老校长的文学造诣是名闻遐迩的。我们闻讯之后，把他围在橘林前，央求他别走。老校长指着橘林，粲然一笑：

"橘林是我和早几届校友一起移栽成活的。它们不走，我也不走。"

"生于淮南则为橘，生于淮北则为枳。"程君和我少年意气，爱好文学，竟然班门弄斧，生搬硬套起孟子《晏子使楚》里的话来。谁知老校长神态庄严，瞥了我们一眼，断然否定道：

"不，我哪里是你们那个意思。青山处处埋忠骨，何处黄土不发芽。我是说国家更需要我留在中学这个岗位上！"橘林间吹来的风，掀动着老校长的白发，更增添了他那奔放的豪情和潇洒的风度。至今，我还记得他当时即兴朗诵屈原《橘颂》时，那激越昂扬的声调，他分明是把一种新时代的感情放了进去——

后皇嘉树，橘徕服兮。受命不迁，生南国兮……

一转眼，时光便在橘树上增添了十七道年轮。程君大学毕业后回来任教，现在已经接了老校长的班，被提拔为母校的校长。而我，也在一处工业新城继承着老校长所从事的事业。谁言寸草心，报得三春晖！

"老校长呢？"我不禁脱口问道。

程君没有回答，眼光倏尔暗淡下来，透过板滞的眼神，我惊异他灵魂深处何以有这样深重的伤痕。他默然地领着我，走到学校大操场的一角，这里，地平如砥，荡然无他，只有一围颀秀的橘树屹立着，突露的根须是如此执着地拥抱着大地。程君轻声地说：

"老校长，在这里。"

"这是什么意思？"我困惑地抗议道。

敌不过我的追根究底，程君说出了事情的始末。十年前，铁帽钢鞭，五子登科，老校长被关进"牛棚"。随之而来的是惊人的颠倒，卑劣的诽谤，就连当年老校长和我们在橘林前的那一席对话，也被诬陷为"三家村"式的反党黑话，赫然列入老校长"滔天罪行"之首。校园的橘林亦受株连，据说是犯了为修正主义教育路线描红着绿的"天条"，险些遭到"左派"英雄们的砍伐。

"老校长受尽凌辱摧残，惨死在一个寒冷的冬夜。当时

'牛棚'里关着他和我。我记住了他的遗嘱，从'牛棚'一放出来，便偷偷将他的骨灰深埋在这里。他说死了以后，也要守候在这里，等着再听到校园里琅琅的书声和操场上青春的欢笑。"程君顿了一下，长吁了一口气。接着又告诉我，老校长的沉冤已于前年昭雪，追悼大会之后，全校师生遵照他的遗愿，不让立碑，只将这一批橘树从橘林移栽到深埋他骨灰的周围。

听着程君的讲述，我真想痛哭一场。但我咬紧牙关强行忍住。老校长，这一位像橘树一样刚正不阿，从不肯向邪恶低头的铮铮硬汉，是自己不掉泪，也不喜欢别人掉泪的。

我深情地抚摸着那一围橘树：一株、两株、三株……十七株！我恍然大悟，高声喊道：

"好！十七株！十七年！青枝绿叶，硕果累累！老校长不让立碑，但人民却给他书写了最美的碑文。"

蓦地，我想起了来时路上，汨罗江里，安息的是一个伟大的魂灵。那么，在这操场的一角呢？老校长也许还称不上伟大，但至少可以说，这里安息的是一个崇高的魂灵吧！

在我的提议下，程君和我一道，朗诵着屈原的《橘颂》，将它敬献在老校长的灵前。我们用的是当年老校长那激越昂扬的声调——

后皇嘉树，橘徕服兮。受命不迁，生南国兮。……

# 雨花台的孩子

春天，我瞻仰了雨花台。在瞻仰雨花台的路途上，我结识了一位雨花台的孩子。

他很活泼健谈，一路上如数家珍，向我介绍着雨花台的往昔。讲得最详尽的则是在雨花台英勇献身的十万共产党员和革命志士惊天地、泣鬼神的英雄业绩。我十分惊讶他开阔的知识视野："你一定常来雨花台吧？"孩子的圆脸上现出一对好看的小酒窝："可不，我爷爷就住在雨花台哩。"我羡慕这孩子有福。心想，他爷爷当是一位严格而又慈祥的长者，常常用雨花台的一草一木陶冶着后代纯美的心灵。

我们沿着洁净的山路登上了一片沙砾组成的环形山冈，冈上矗立着九位先烈就义前的群体塑像。一时间，大革命时期的暴风骤雨便在我的脑际翻腾起来。为了民族的命运，祖国的今天，多少优秀儿女在反动派的屠刀下献出了他们宝贵的生命。

一队解放军战士手持铁锹，肩扛树苗走了过来，他们嘹亮的军歌把我的无边思绪唤回。我这才发觉小向导一直默默地陪伴着我。我抱歉地说："小同学，谢谢你领路，耽误你上爷爷家了。"孩子淡淡地一笑："耽误不了的。"然后又执意领我沿着塑像侧旁的山坡而上。他告诉我后山梅冈便是雨花台陵园。放眼梅冈四周，滴翠的冬青依地势起伏，形成了绿浪翻滚的海洋，在晚霞辉映下，更显得生机勃发。飞黄的迎春，喷火的杜鹃点缀其间，象征着十万烈士金色的理想和不屈的生命。我抚摸着"死难烈士万岁"的纪念碑碑身，想稍事整理一下自己的思绪，便催促着我的向导："你先走吧，爷爷一定等久了。"只见他低下头，轻轻地说了一声："我爷爷就在这里。我每个月都要来看望一次。"我蒙住了，随即明白了一切。我跨前一步，紧紧挽住了孩子的胳膊。孩子执拗地不肯说出他爷爷的姓名，他说："爸爸要我不要宣扬爷爷的姓名，说最要紧的是发扬爷爷的精神，继承爷爷的事业。"经我再三恳求，终于知道，他爷爷是当年北京大学地质专业的高才生，在国难当头的时候，毅然放弃学业，投身于中国青年运动。后来由于叛徒出卖被捕，和恽代英等同志一道被国民党反动派杀害在这雨花台上……

"叔叔，你可知道，那些鲜红鲜红的雨花石就是烈士们的鲜血染成的呀！"深情的话语出自这样一位十二三岁少年的口，是如此强烈地震撼着我的心灵。我要带一些雨花石回去，让它的光泽永远照亮我人生的旅程。可惜陵园处处，已找不到色彩斑斓的雨花石了。聪明的孩子看透了我的心思，双眸一亮，说了一声："叔叔，你等着。"说完一溜烟跑下冈去，消失在茫茫林海深处。隔着林海，隐约可闻一阵阵嘹亮的军歌……

一刻钟光景，孩子已神采飞扬地朝我跑来。春风吹拂着他胸前的红领巾，像展开一方胜利的旗帜。他气喘吁吁地跑到我跟前，双手捧一捧雨花石，晶莹皎洁，溢彩流金。"叔叔，给你。""哪里来的？""刚才来瞻仰的解放军叔叔正在冈下面植树，我从他们给树木新培的泥土中拾来的。"

我双手接过这位先烈后代的珍贵馈赠，心头翻滚着不尽的激情。是的，石头在，火种不灭，烈士们的鲜血早已在下一代的心田上，浇灌出了一朵朵鲜艳夺目的理想之花。我从这孩子身上看到了我们事业的希望，我们事业的神圣，我们事业的不可战胜！

# 茉莉花开

世上的花多姿多彩，而又往往性情殊异。我见过"独先天下之春"的梅花，也见过"水上轻盈步微月"的水仙；见过"濯清涟而不妖"的荷花，也见过"卧丛无力含醉妆"的大丽……然而，"多情漫数群芳谱，最是庭前茉莉花"。只有茉莉花，才时常牵动我的情思，珍藏在我记忆深处。

我最先是从歌声中认识茉莉花的。童年时代，教我们音乐课的龙灿虹老师，二十来岁，身姿匀称，脸庞红润，修长的柳眉下一双大眼晶晶闪亮，恰如一弯新月。当她停眸凝视时，又像一汪平静而深邃的湖水。她给我们讲动人的故事，跳优美的舞蹈，唱好听的歌曲。她住我家隔壁，每到夏天的夜晚，她备完课出来，便拿条小凳坐在我的竹铺旁边，一边给我扇风，一边轻轻唱着：

好一朵茉莉花，好一朵茉莉花，

满园花草，香也香不过它……

于是，我便在《茉莉花》的歌声中醺然入梦，梦中看见好大好大一朵的茉莉花，还闻到了它的阵阵清香哩！

后来，我才明白，茉莉花并非童年梦见的模样。它叶色翠绿，终年不凋，其色如玉，其香浓郁。但我仍然觉得不及歌声中的茉莉花那么美，那么香……

转眼，几十年过去，我回到故乡教育局工作。一个炎夏的下午，我奉命送一份退休顶职登记表给江滨小学龙继业老师。她丈夫是大学教员，十年内乱中含冤去世，留下独生女在农村。眼下不少人以退休顶职解决子女进城、就业问题，龙老师不知为什么始终没交报告。

我找到龙老师的家，敲门后，出来一位二十来岁的姑娘，身姿匀称，脸庞红润，修长的柳眉下一对大眼晶晶闪亮，恰如一弯新月。我不由得一怔，这不是当年的龙灿虹老师？尽管我立即意识到这是一种错觉，但仍然纳闷、惊讶，于是，试探地问道："龙灿虹老师是？""我妈妈。""那龙继业老师呢？""也是我妈。""哦？……"我糊涂了。姑娘粲然一笑："我妈过去叫龙灿虹，现在叫龙继业。"说着，姑娘停眸凝视窗外，眼睛像那一汪平静而深邃的湖水。

门外传来脚步声，姑娘说她妈回来了。我顿时有说不出的喜悦、激动，立刻伸出双手，迎向我童年时代的音乐老师。呵，她苍老多了，一头白发，满面皱纹，就像一株饱经风霜的大树。

师生间热烈而恳挚的谈话开始了，我们诉说着十几年来的遭遇。话转入正题，我把退休顶职登记表递给她，想不到她忽地恼了："你觉得我不中用了？"我连忙解释："您别误会，像您这样的老教师正是学校的台柱子。组织上考虑你年岁大，无人照顾，女儿一直在乡下……"

她莞尔一笑，接道："谢谢组织上的关心。前年她爸平反昭雪，那边领导也提过这事，我们母女商量了半天，她觉得在乡下当民办教师多年了，舍不得那里的孩子们和社员。我呢，身板还硬朗，也用不着她照顾。看到现在有些青少年香臭不辨，美丑不分，我就更感到美育极为重要。"停了片刻，她又说："孩子爸被坏人整死在教师岗位上，我改名继业，就是要将他的事业继续下去。只要我还能坚持工作，就不离开自己的岗位。"我深深地感动了，一时不知说什么好。

突然，我闻到一阵阵愈来愈浓的幽香，不由向四面张望起来。"是茉莉花开了。"龙老师双眸一闪，手指窗外说。我才看到，窗外阳台上，一盆盆茉莉花组成了一个质地洁白的家族。

我想起当年夏夜纳凉时的情景，我问她：还唱不唱《茉莉花》这支歌？她爽朗地一笑，也不答话，却轻轻地哼起来：

好一朵茉莉花，好一朵茉莉花，

满园花草，香也香不过它……

多么熟悉的歌声呵，还是那样散发着沁人心脾的芳香，但它流露出的那种对生活的爱，却比以前更加热烈而深挚。

我的眼光又落到了阳台上，看到灿烂的夕阳照得茉莉花倍加精神。原来，这花特殊，愈是临近黄昏，愈是开得美好，将那一阵比一阵浓郁的芳香无私地奉献给人间。"老枝经霜香尤烈"，这就是它的形象写照。

呵，茉莉花，真是平常而又颇不平常的花。

# 虎丘行

苏州园林，名闻天下。初冬时节，我来到享有"吴中第一名胜"称誉的苏州园林之冠——虎丘。

虎丘，原名海涌山，距城西北七里，仁立在它的头山门前。但闻海涌桥下流水潺潺细语，似乎是在诉说着一代王朝的兴衰。两千多年前的春秋时代，此处属吴国的版图，吴王的行宫便建在这里。眺望东南方一角，当是往昔越国的故土。这对邻居，互动干戈。吴王阖闾在越兵乱箭之下丧生，葬于虎丘。他的儿子夫差报仇伐越，一度是胜利者，但后来他骄傲了。而越王勾践却能在失败面前十年生聚，卧薪尝胆，富国强兵，最后使夫差成了他的阶下囚、刀下鬼……自然，吴越兴亡，不过是奴隶社会统治阶级的兴亡而已，评论它也自有我们的历史学家。我所感叹的是，谁能预料，当年征战之地，会成为今天人们赏心悦目的佳境园林呢？

随着人流，跨过海涌桥，步入二山门。山间大道的东侧有一真娘墓。小小墓地上遍栽花卉，如在春天，定成花冢，此刻却是衰草离离了。真娘是唐代一名妓，因不堪鸨母迫害，投环自缢而死。如今来游的几位苏州姑娘正徘徊墓前，用她们甜润的歌喉哼着一支无名曲，脸上半是悲戚，半是欢欣。想来她们是在同情封建社会一个无辜女子的不幸，同时也为自己生活在一个幸福的时代而自豪吧。我在无边的遐想中款步走到了路的尽头，顿时仿佛置身于深山大壑之中，只见巨石数亩，平坦如砥，神工鬼斧，气势雄豪。何以名之"千人石"？向导说，阖闾陵墓筑成后，唯恐上千的建墓工匠泄露机密，便将他们全部杀戮。难怪石头都一律呈殷红色哩！好一个残暴的君王，他可曾想到类似真娘墓里那样的成千上万屈死的魂灵？

绕过千人石，著名的虎丘剑池便在眼前。池岸峭壁如削，藤萝斜挂，上跨飞桥，景致奇险。石壁上有唐代书法家颜真卿写的"虎门剑池"，宋代书法家米芾写的"风壑云泉"。前者笔力雄浑，后者笔法圆润，交相辉映，更为此处风光平添了几分秀色，使人流连忘返。

向导又在催促行程了。他笑着说，按这种速度看下去，恐怕要在虎丘园林过夜了。是的，这里每一块石头几乎都有一个故事，每一棵树几乎都有一个传说，令人乐而忘归。就说那真娘墓后土山上的孙武子亭吧，它是我国第一支娘子军的诞生地，"军代表"就是古代著名的大军事家、《孙子兵法》的作者孙武。那千人石西北处的铁华岩下，是"天下第三泉"，这光荣的称号是由唐代茶叶专家、《茶经》作者陆羽品尝后授予的。悟石轩风景清新古朴，二仙亭结构精巧玲珑。虎丘的前山、后山，著名的古迹胜景就达三十七处之多。常有奇石峥嵘，更有古树参天。那一株株枫树，在前些日子，该全是火焰般在燃烧的红叶，现在忽地全都飘落了，而在赤裸的高枝间，挂着好多带刺的褐色果实，而那一丛丛雏菊，还在开放蓝色的花，它们是在迎接寒冬的到来。冬之虎丘，尚且多姿多彩，那春天呢？夏天呢？秋天呢？难怪宋代大诗人苏东坡说："到苏州而不游虎丘，乃是憾事。"信然！

# 雁奴之歌
## ——为群荣雁奴，作伥耻鹤媒

孩提时候，读宋代陆游"宁为雁奴死，不作鹤媒生"的诗句，不知雁奴是何物。亏得同窗学友水华见多识广，才帮我解开胸中的疑团。

初春的一夜，水华背着一张网，领我去到小河滩。习习寒风中，我们瑟缩在一丛芦苇后面，静候多时，终于望见一列雁群降落在沙渚之上，顷刻便寂然而睡。奇怪的是，唯有一雁不瞑，警惕地巡视着。水华悄声告诉我，那便是雁奴。说罢，他从怀中取出火石，嚓地打亮，旋即熄灭。雁奴一见，呀呀报警，群雁闻声而起，如临大敌，直到证实并无任何外来威胁时，才又重新入寝。这样反复数次，群雁误以为是雁奴故意捣乱，便纷纷用尖嘴怒啄这位忠于职守的伙伴。到火石又一次闪光时，尽管雁奴负伤蒙辱，依然以报警为己任，而群雁不予理睐，兀自沉沦在梦乡。至此，水华撂下我，独自涉过浅滩，把网朝空中一撒，呜呼，雁群！

孩提时代曾在脑海中留下深深印记的雁奴也日渐淡薄起来，无暇回顾了。谁知十余年后，我又和雁奴邂逅。

那时候，我在城东新取名的风雷中学任教。小将们铺天盖地的大字报把他们的老师批得体无完肤。在触及灵魂之后，等着的将是触及皮肉，据说唯此才能达到重新做人的目的。我宁愿保留凡胎，不敢领受那脱胎换骨的皮肉之苦。一周前，去信在城西新取名的金猴中学任教的挚友水华，并信手抄引了一首明人诗："春风一夜到衡阳，楚水燕山万里长。莫怪春来就归去，江南虽好是他乡。"意在邀水华一道回我们偏僻的家乡躲风去。

数天不见回信，我一口气跑了十七八里，到了金猴中学。校园里乱哄哄的，一群学生中站着一个满脸凶相的人，正在做"夜袭市委"的动员。不一会，吵吵嚷嚷的队伍就往校外拥。这当儿，只见一个瘦弱的人影飞奔而来，将双手托起的一张方形饭桌挡住校门，然后飞身一跃上了桌面，我定睛一看，正是水华。只见他伸开双臂喊道："同学们，不能上坏人的当。跟我回去！"片刻的沉寂之后，三分之二的学生开始打转。满脸凶相的人却寻衅闹事，朝着水华龇牙咧嘴，最后竟怂恿几个歪戴军帽的小青年冲上去，对着水华拳打脚踢起来。水华抗争着，并不回击。泪眼蒙眬中，我看见水华连人带桌倒地了。我的心一阵揪紧，正要挤上前去，只见水华挣扎着站起，满身污秽，双目炯炯，义无反顾地伸开双臂拼力阻挡狂热的学生。满脸凶相的人恼羞成怒，反扭着水华的肩膀，连推带拽地去到校园深处……

我知道自己无能为力，只能悲哀地回到自己的学校。推开房门，地下躺着水华的回信。打开一看，两张宣纸，一张上写道："……你不是从小膜拜雁奴吗？今天，为了动乱中的孩子们，我们应当像雁奴那样忍辱负重，至死不离岗位……"一张是字幅，书写着陈毅元帅爱憎分明、激情飞扬的诗句："为群荣雁奴，作伥耻鹤媒。"读着信，捧着字幅，我的双手发抖，心灵打战，眼前油然浮现出家乡水泽雁奴呀呀报警的情景；校门口水华张臂屹立的英姿。我陡地推开窗门，正是黎明前最黑暗的时候，高音喇叭还在发出一片"打倒""火烧""油炸"的喧嚣。祖国的初春之夜从来没有像现在这般严峻，呈现出山雨欲来风满楼的状态。我横下一条心，决意不走了……

那年，在市教育系统先代会上，反响最为强烈的是水华从事教育工作三十年来的动人事迹。水华没有出席大会，他为了挽救一个失足的学生，只身闯入一个弄堂，被隐于暗处的一伙流氓用火枪击中了左眼。此刻，他正静静地躺在医院里。

呵，水华，今天，在挽救被十年浩劫坑害的孩子们的特殊战斗中，在培养社会主义一代新人的宏伟事业里，多么需要千千万万像你一样忠心耿耿的"雁奴"呵！

# 东方第一染

也许是由于某种文化基因的驱动，面对四方邀请，我执拗地应诺了安顺市——古之夜郎国的厚谊深情。这黔中腹地，有一个神秘莫测的蜡染世界吸引着我……

蜡染，其工艺流程看似简单，就是用蜡在布上绘花，继之浸染，因涂蜡部分不能上染而显花，随后漂洗即成。然而，谁能想象，这一古老的印染技艺竟会具有如此神奇的东方魔力——

如果说，在中国贵州首届蜡染艺术节开幕式上，当五彩缤纷的蜡染方阵次第从我身边通过时，我只觉得地上鲜花、天上彩虹顿时都失去了妩媚和绚丽的话，那么，当我跨入蜡染陈列馆，可以步履从容地仔细鉴赏时，则委实被那一件件艺术珍品弄得情牵魂系，如梦似幻了。大智若愚的布局，古朴玄奥的纹样，夸张变形的图案，深藏着这一地域文化的信息密码，显示出这一传统工艺的艺术生命。而在染色过程中，蜡花开裂，染液顺裂缝渗透，我敢说，那自然留下的千变万化的冰纹，可以容纳整个人类的自由想象而又绝非人工之可为。哪一种艺术能拥有如此独特的生命个性和无可替代的艺术之魂呢？

任何有生命力的艺术，总是既植根于本民族厚实的沃土，同时又虚怀若谷地向着外部世界开放，我看到蜡染已出现不少吸收了世界各种艺术风格、多种形象的系列作品。结合国内外人们的生活需要，吻合世界性回归大自然的审美趋向，经过几千年历史长河的涤荡，就这样，一个曾被人瞧不起的"深山野趣"，终于变成了登上艺术宫殿的奇葩，同时也成了今天经济浪潮中带来富裕和文明的紧俏商品。一位哲人曾说，无论是东方文明，还是西方文明；无论是古代文明，还是现代文明，尽管表面差异甚巨，但内里精神相通，其契合点就是一个民族的自强不息。信矣！

艺术节期间，在安顺大小市场，到处可见中外游人商贾争购蜡染制品的动人情景，千名外宾侨胞、数万名国内游客云集山城，夜郎国何曾有过这般风光？法国巴黎东方语言学院的索菲小姐，是一位美丽的碧眼金发女郎，激动地向记者展示她购到的蜡染衣裙，用流利的汉语赞叹道："蜡染在中国！蜡染在贵州！蜡染在安顺！"我去到安顺彩色蜡染厂，采访了正在那里指导工作的著名蜡染美术家马正荣先生，40年的寂寞求索使他闯出了一条蜡染折服世界之路。应法中文协之邀，他的蜡染艺术壁挂作品展览，曾经轰动了以世界艺术之都自诩的巴黎。这位贵州省美协副主席沉静地对我说："立足于自己的国家和民族，才能真正走向世界。"意气风发的安顺市市长杨冠奕兴奋地告诉记者：艺术节开幕才几天，就创下了销售上亿元的纪录。文化搭台，经济唱戏，蜡染为大山深处的安顺人提供了契机，我们有信心走出一条加大改革开放的腾飞之路来。

夜郎自大，是昔日的悲哀；夜郎志大，是今天的风采。

怎能忘，夜郎国那一个美好的夜晚——在安顺蜡染服装总厂的演出厅，美的服装、美的音乐、美的模特款款而来，婀娜多姿，美目顾盼，鲜艳瑰丽的各式蜡染服装交替迭出、琳琅满目。厂长指着一位极具东方女性韵致的模特告诉我：她着的那件粗布汉画旗袍曾代表我国参加第50届国际女装博览会获奖，一时价值连城。我用心观赏，那灵动自然的线条，独具无匹的图案，巧慧无双的工艺，再次把神秘、魔幻的蜡染艺术的魅力展现得淋漓尽致。我情不自禁留下了这样一首小诗：夜郎是个梦，安顺是个谜。东方第一染，世上奇中奇。

# 榴花火样红

我无花草之癖，独有榴花却使我一往情深。这感情的经纬线究竟是从什么时候编织起来的呢？

昨天早上一进校门，办公室新来的老崔告诉我："有一位大学毕业生前来报到。"

"在哪？"我问。

"在那——"顺着老崔手指的方向，我望见教学东楼那株生机勃勃的石榴树下，站着一位袅袅婷婷的女青年，正甜甜地朝我笑着。呵，原来是榴花姑娘。朝霞把树上的榴花和树下的榴花一齐染浸得胭脂一般娇丽。

"省里一家杂志不是器重你的文笔，要你去做编辑吗？"

听我这么一问，榴花嫣然一笑："捷克教育家夸美纽斯说，教师是太阳底下最光荣的事业。我信他这句话。"停顿了一下，她又深情地说："是这满树的榴花召唤我回来的。"

榴花！我抬头凝视着怒放于繁枝茂叶间的榴花，记忆就像一颗彩色的石子，在我心海上激起了层层浪花……

那是五十年代中期，我在这所中学当语文教员。老校长欧阳云浩德高望重，他解放前就是地下党支部负责人，蹲过国民党的监牢。他独自一人生活，因为他不能忘情那牺牲在解放战争中的妻子。不明底细的人要给他做介绍，他总是开怀一笑："年已半百，多此一举。学校桃李芬芳，我终生不会寂寞的。"

一个仲夏的早晨，老校长在校门口发现了一个女婴，他如获至宝地抱了回来。我们建议送到孤儿院去，老校长不让："我帮国家养她。"当夜，我们坐在这株石榴树下纳凉，老校长硬要我给这不满一岁的女孩取名。盛情难却，我想了想，指着树上的榴花说："叫榴花怎样？"

老校长十分满意："不错，不错，好名字，好名字。"

从此，老校长又当父亲，又当母亲，硬是把榴花拉扯大了。榴花上了小学，又进了初中，出落得真如榴花一般可爱。无疑是接受了老校长的思想熏陶，在一次全校性的作文比赛中，她以率真的文笔，表达了自己要当一名人民教师的向往，那种对教育事业的忠诚挚爱赢得了全校教师的好感和高度的赞扬。老校长骄傲地宣布，他已后继有人。教师们有事无事，更爱一声声"榴花""榴花"地唤她，这名字，俨然成了一首悦耳动听的乐曲。

不久，文化大革命开始了。老校长因为蹲过敌人监牢，理所当然地被打成"叛徒"。榴花姑娘也就被划入"黑五类"。只是，它并不能扯断我对老校长、对榴花姑娘的爱的琴弦。

老校长还关在"牛棚"里，榴花便被赶下农村了。我含泪为她打点行装，送她到那株石榴树下。榴花反倒安慰起我来："叔叔，石榴树不怕寒，不怕旱，平地能生，山坡能长，到时照样开花。我能经受住一切的。只是请你照顾我爸，他绝不是坏人……"

树下的榴花带着屈辱和不平走了，树上的榴花伤心地抖落一地。我拾起一朵榴花，只见那火红的花瓣把它自己的胸怀敞开得袒露无遗。我的心不由得从痛苦的深渊向着崇高的境界升腾。

今天，我已接替了老校长手头的那份工作，榴花也重返母校继承她父亲的事业。我们又在这如火的榴花下相见，此时此地有多少复杂的感情在心头翻滚呵！榴花见我抚摸着树干在沉思，有意把我的思绪岔开："叔叔，不，校长，分配我的工作吧，越重越好，越累越好。"其实，我知道此刻她想得比我更多。多么好的青年，就像山间密林中的孔雀，有意用羽毛掩盖着自己的创伤。这是在灾难中成长起来的倔强的一代，我不由得紧紧握住了她的双手。

一夜辗转反侧，今天清早一到校，老崔又来告诉我："欧阳榴花昨晚几乎通宵坐在那棵石榴树下，我找着她时，她正靠在树干上喃喃自语。问她什么事，她又不肯说。你找她聊聊吧。"老崔走了，我痴痴地站立着，感情的雷击再次轰开了我记忆中的最后一道闸门。

榴花姑娘被赶下农村不久，老校长被捕入狱，屈死狱中。直到一九七七年夏天，沉冤才得昭雪。学校遵照老校长的遗愿，将他的骨灰安葬在这株石榴树下。老校长说他死了以后，也要守候在这里，等着再听到校园里琅琅的书声和青春的欢笑，让满树的榴花盛开。榴花姑娘从农村赶回来参加了那次追悼大会。会后，又是我给她打点行装，送她到这株石榴树下。她考上了省里的师范学院，立志继承他父亲的遗志，一辈子在校园耕耘。

我决意去找榴花姑娘长谈一次。我担心沉重的感情负荷会影响她的身体，更影响她的事业。我信步朝那株石榴树下走去，一眼又看到了朝霞映照下那个袅袅婷婷的倩影。榴花一见是我，便说："昨晚，我在这里跟爸爸谈话，我向他汇报了四年来的大学生活，也汇报了自己参加工作后的打算。我不能用眼泪，而应当用自己献身教育事业的思想和行动去纪念他。"

我的忧虑顷刻间冰消雪化了。听着榴花姑娘动情的话语，看着满树盛开的榴花，我终于明白：榴花之所以开得如此火红，如此热烈，是因为它植根于父辈的土壤，从太阳中引来火种，向着未来，向着明天，向着胜利，用自己的整个生命在燃烧！

# 小石潭今记

　　童年因为背不出《小石潭记》，被打过手心，严厉的父亲一边挥舞戒尺，一边训斥我："蠢材，柳宗元如此绝妙的文章都背不下，将来有何出息？"因此，当我成为一名中学生，坐在课堂里学习这篇山水游记时，老师尚未开讲，我便能背诵如流了。其实，我是一直到自己当了中学语文教员，在年复一年的教学生涯中，才逐步领悟出《小石潭记》的妙处的。我折服于它小巧玲珑的结构，似苏州的园林；我赞叹它丰缛精绝的文笔，似杭州的西湖；我欣赏它超尘脱俗的境界，似蓬莱的仙境。

　　去年冬天，我终于如愿以偿，到了永州。小石潭位处永州西山。我乘客轮渡过潇水，沿着柳宗元笔下的冉溪朝前，路过钴鉧潭，从小丘西行百二十步，来到小石潭边。然而，我怔住了：眼前这一条浑浊的溪流便是我数十年思念着的小石潭么？尽管潭边有一块经过研究柳宗元的学者专家反复勘测后树起的标志，但仍无法使我置信。那潭边环合的竹林哪里去了？那"如闻珮环"的水声哪里去了？那"似与游者相乐"的潭中小鱼哪里去了？那"为坻、为屿、为嵁、为岩"的巨石哪里去了？一位久居小石潭边的村民告诉我，过去的小石潭确有如柳宗元笔下描绘的佳境：泉水清冽，轻拍崖岸，青树翠蔓，蒙络一潭，可惜大炼钢铁的年代，潭边的篁竹几乎砍伐殆尽，投入土高炉，化作了一抔灰烬；潭边大块石头被搬到水利工地去了。挖树毁石，小石潭也就成为小泥潭。后来，干脆把冉溪、钴鉧潭、小石潭合三为一，成了现在这一条渠道了。

听着村民的解说，我的心中一阵隐痛。西山一带，至今裸露的岩石遍地，为何硬要去革小石潭石头的命？至于用竹子做燃料去炼钢，纯属天下奇闻，更何况是小石潭边的篁竹！西山可修渠道之处甚多，又为何硬要选择在以毁弃文学史上几处宝地为代价的地域上？我抚摸着潭边残留的几竿篁竹，感到愧疚，也感到愤然，我们文明祖先的那些不文明的子孙呵！

村民宽慰我说，现在好了，人民政府已开始重修西山，若干年后，这里将是一座令人瞩目的西山公园。"你看，朝阳岩已开始动工修建了。"沿着村民手指的方向，我径直步上朝阳岩。柳宗元在《渔翁》一诗中描绘的"日出烟消不见人，欸乃一声山水绿"的佳景就在这里。极目望去，潇水在这里拐了个大弯飘逸北上，就像一条银白色的缎带，系在朝阳岩这一位亭亭玉立的少女的胸前，令人流连陶醉，不忍归去。岩上、岩下，数十名工人正在为朝阳岩精心装点，朝阳岩从脚手架中探出头来，向着一个新的时代频频致意。

是的，我们再不能去干那种毁家败业的蠢事了。否则，当心人民打我们的手心！

是为小石潭今记。

# 在继往开来的位置上

## ——《株洲日报》创刊三十周年寄语

写完这个题目，我感到惶悚：继往开来的位置，应当有承先启后的人才。而我不是。

当人们从长期"左"的桎梏中走出，便惊异地发现：需要高文化结构的新闻界，竟是如此缺乏知识分子。于是，我在过了不惑之年，奉命来到报社。历史的选择应该十分审慎，而我走上总编辑岗位却是如此简单。

三年的办报实践，使我从心力交瘁中领略到了这副担子的沉重和负担前行的艰难。我由衷地钦佩我的前任及报社同仁，他们在正常的岁月里做出过正常的贡献，在不正常的岁月里做出了不正常的牺牲。路线的正误，导致报社工作的正误，这里的是非功过，应由历史学家去评说，我只是强烈地感受到，前驱者们与党报同命运、共荣辱的献身精神，永远是一笔宝贵财富，应当为后继者所发扬光大。承先而启后，继往而开来。

前驱者们铺设了《株洲日报》通向今天的路，用他们的经验与教训、汗水与泪水……后继者应当铺设《株洲日报》通向明天的路，用我们的成功与失败、欢笑与痛苦……

为此，我勉励自己和报社同仁：任何时候都不要忘记——

我们是党的路线、方针、政策的宣传者；

我们是人民思想、感情、疾苦的代言者；

我们是真、善、美的传播者；

我们是假、丑、恶的鞭笞者；

我们是改革、开放、搞活中的开拓者。

至于我自己，站着时不会是一个巨人，但会是一株青青的小草；倒下时不会是一座山脉，但会是一枚小小的石子。石子铺在通向未来的路上，让事业的列车从身上隆隆开过，这不也是一种承先启后、继往开来吗？于是我在这个力不从心的岗位上，又充满了神奇的力量和胜利在握的信心。

灯下起笔，夜已深沉。透过茫茫夜幕，我听到了改革的大潮正汹涌澎湃于广袤的故国家园、神州沃土——

我奋力游向潮头，去当一名弄潮儿。

# 政声人去后，民意闲谈时

## ——从一件荣获全国新闻一等奖的作品所想到的

　　二十世纪八十年代是一个值得怀念的年代。在那段流金岁月，我有幸来到株洲日报社，和报社同仁一道，苦乐同尝、风雨与共，努力用一个个群众喜闻乐见的版面和一篇篇蕴含着道义良知的新闻作品，表达我们对事业、人民和时代的忠诚。

　　什么是新闻从业人员的应尽之责？普利策新闻奖创始人普利策有过一段形象的阐释："倘若国家是一条航行在海上的船，新闻记者就是船头上的瞭望者。他要在一望无际的海面上观察一切，审视海上的不测风云和浅滩暗礁，及时发出警告。"回望历史，毋庸讳言，中国新闻大军在建功立业的同时，也曾经打过败仗的。只要去翻检"大跃进"年代和"文革"期间，全国大大小小的陈年老报刊登了些什么就一目了然。究其原因，乃政治强权拂逆民心民意，剥夺了新闻从业人对自身职业的坚守。拨乱反正使新闻从业人的聪明才智有了自由驰骋的天地。正是在这样的背景下，《株洲日报》的版面上，新闻好作品才得以大量涌现，1987年全国新闻一等奖作品——《平民百姓赢了政府机关》（记者杨宏武、编辑莫鹤群）便是其中的上乘代表之作。

事情的缘起是：一级政府滥用公权力，侵害了当地百姓的群体利益，初具民主意识的群众酝酿着拿起法律武器，将政府告上法庭。出于新闻的职业敏感和使命感，报社及时关注此事，派出记者全程跟踪，直至法院秉公执法做出判决，消息也就水到渠成。通过反复斟酌修改，精心制作标题，稿件于结案次日（1987年10月30日）头版头条显著位置刊出，旋即引起巨大反响。广大读者来信来电，好评如潮，褒之为"播民主政治之春雨，发走向法治社会之先声"。但也有气势汹汹的责难之声传来，"宣扬这种案例不利于安定团结""标题危言耸听了吧"等。结果时任市委书记的曹伯纯同志一锤定音，对这则消息予以充分肯定，赞扬报纸拿这个案例做文章，为推进全市民主与法治建设干了一件好事。转瞬之间，流言烟消云散。

接下来便是喜事临门：《平民百姓赢了政府机关》以高票当选当年全省好新闻一等奖。后又被选送北京，作为一家地市报纸的新闻作品，与中央、省级各大媒体选送的作品展开激烈角逐，最终荣登全国好新闻奖首排席位，开地市级新闻媒体获此殊荣之先河。二十年过去了，回忆当年获奖盛况，仍然令人怦然心动。二十年过去了，《平民百姓赢了政府机关》仍然独领风骚，此无他，盖天时地利人和之故也。

政声人去后，民意闲谈时。寄语报社一代又一代新人，认真总结五十年办报的经验教训，不计个人荣辱得失于一时，牢记民生福祉于永远，为构建共同富裕、社会和谐、公平正义的现代化强国做出更多的奉献，同时也为《株洲日报》开辟出更加美好的锦绣前程。

# 斑马吟

　　隔壁陈老师画马成癖。开始我并不在意，人各有志嘛，就像齐白石酷爱画虾子，黄胄醉心画毛驴，李苦禅致力画雄鹰，德加擅长画芭蕾舞女那样，有什么值得大惊小怪呢？何况，徐悲鸿不就是一位画马大师么。但是，我的好奇心却仍然与日俱增起来。

　　这种好奇心的产生始于我第一次目睹陈老师作画的场景：纸摊开在地上，陈老师两腿一蹲一跪，高度的近视眼险些贴着纸面，一只青筋突起的手抓着画笔，浓墨重彩地挥洒。再看他笔下的群马图吧，既不像伯乐相中过的千里马、九方皋识别出来的天下之马，也不是徐悲鸿笔下那些蹄声踏踏、矫健洒脱的奔马，而是清一色的斑马。姿势有的静立、有的横倒；神态是安详中饱含深情，有的嘶鸣中兼有慈爱。尽管这些斑马外貌平平，黑白相间的花纹还似显呆板，我却莫名地直觉到画者与他的这一匹匹斑马有着某种非一般的联系。

这联系从何而来呢？不错，我听说过陈老师是一位全县闻名的中学语文教员，县教育系统的先进人物。"文革"中，他被以莫须有的罪名开除回家。我还知道，他落实政策回中学任教以来，教学业绩虽非过去传说的那么昭著，但他的爱学生则确实到了令人难以置信的程度。可是，这些与斑马又有何相干呢？

终于，我忍不住了，径直问他："你为什么这样喜爱画斑马呢？"他沉吟着，心中似有江河奔汇。陡然，他伸出青筋突起的手扳着我的肩膀。那深邃的双眼，似有闪电之将至。"难道你认为斑马不好吗？"我骇然了，嗫嚅道："好，很好。我没说不好，一点也没说不好。"唉，一个多么奇特的人物，一种多么奇特的爱好。莫非经历坎坷道路的人，生命的轨迹都会如此令人难以捉摸么？

一个星期天，不知何方好事者，将一群热带动物弄来县城展出，中间就有几匹斑马。我立即想起了我们的"斑马大师"，上午一回校便急忙告诉他。听到这号外，他放下备课本，拖着双布鞋便往外跑。到了校门口，又转回来问我道："斑马在哪？"待我报告了确切地址，他便又一阵风走了。那神态，就跟哈姆雷特听到夜空中亡父魂灵的召唤一般。

他刚走，便有一位不速之客来访，自报家门说他是陈老师十年前的弟子。我饶有兴趣地打听他们师生间的往来。他说——

当年，我们几个爱好文艺的学生成立了个课外文艺小组，还不定期办了个墙报，唤名《奔马》，取万马奔腾之意。谁知我们毕业离校两年之后，早被遗忘的《奔马》被定性为"三家村的黑分店"，跟着大祸临头，我们的语文教师陈老师挺身而出，说《奔马》是他一手安排同学们办的。于是，我们这些"小马"得救了，而陈老师这匹"老马"却被批得体无完肤。后来我们知道了，要去为他申辩，他厉言制止："我被打成'小邓拓'与《奔马》无关，我的问题你们顶替不了。总有一天，会把一切搞清楚的。"……

我听得热血涌流，心中充满了对陈老师的无限钦佩之情。人民教师的心灵啊，是这样一座流光溢彩，价值连城的宫殿！尽管我还不能完全理解陈老师为什么那样酷爱画斑马——那生活在万里之遥的热带草原上的非洲代表性动物。

来客走后，我帮着收拾陈老师的房间，在他书桌的玻璃板下我看到了用龙飞凤舞的草书所摘录的一段文字，现照抄如下：

......一群斑马在森林中游玩，突然来了一只饿狮，向它们猛扑过来。群马飞奔，渐渐地它们体力不支了。这时，一匹老斑马为了保护马群，径自冲了上去，迎着饿狮壮烈地嘶叫一声，横身躺下......得救的马群在远处回首望着，发出一阵撕肝裂胆的悲鸣......

——摘自未名书店出版的《生物本能趣谈》

我恍然大悟。呵，身为下贱，心比天高的老斑马，请接受人们对你的崇高敬意。

# 微信急就章（八题）

## 题黄山书局——

这家书局，借千年祠堂，开在黄山群峰的皱褶里，已凛然坚守十年，顽强等候乡村阅读时代的来临——一个理想主义者的顽强等候。书局借名山之光，并不乏来客盈门，但打卡者众，购书者渺，折射出时代华丽时装下的冷傲和浮躁。乡村于我有缘，乡村教员出身的父母清贫无所有，仅靠有限的那点书，让我的童年和外面的世界产生了最初的联系。时间会分岔，走向无限种可能，但我无论走向哪里，都会有一根脐带联结着乡村。暮年来到这深山书屋，陡然间冥想如野草般疯长，一任其在时间隧道里逆向穿行，怀着眷恋和感恩，狂奔向自己生命的原点。

**题胡适故居——**

曾经路过、错过，当年公务在身，晚年专程拜望。适之先生，请恕我来迟。安徽绩溪上庄村骆驼巷子，走出一位玲珑少年。上海—美国纽约—北京—中国台北，留下人生波澜壮阔：新文化运动和白话文写作领军人，中国哲学史研究和新诗创作奠基者，民族生死存亡关头外交家，北京大学一代掌门人。1962年，72岁的胡适博士病逝于台湾科学研究院院长任上，一颗文化之星化为永恒。出殡那天，万人空巷，蒋介石敬赠的挽联引人注目：新文化中旧道德的楷模；旧伦理中新思想的代表。而最为朴实无华的，是胡适一生不弃、文化不多且缠有一双小脚的夫人江冬秀，她盯着窗外送葬的车流、人流，对儿子说：做人做到你父亲这一步，也值了。


**刘青海论文《论姜夔词对李贺诗的取法》读后**

文学品种之间的赓续传录、相互借鉴总是有迹可循，没有绝对的另起炉灶。词者诗之余，两者的关联尤其，宋词对唐诗的意境、语言、情感、节奏的吸纳可谓是全方位的，故唐宋之际，某人常常于诗、于词都是高手，近年传播热度极高的苏轼便是。其实在唐代诗人中，"三李"（李白、李商隐、李贺）之一的李贺，在唐代臻于高雅、规范的诗歌氛围中能突围而出，实现在诗的个性化上的奉献，较之苏轼毫不逊色，深入研究李贺诗对姜夔词的进入，可视为唐诗进入宋词的一个经典样本。刘女士选题聪颖，根基扎实，论说自如，常有精彩之笔，非我等走马观花、浅尝辄止者所能及，读之受益匪浅也。

（刘青海，文学博士，现任北京语言大学中华文化研究院教授、博导）

## 诗与词之间

友人见我给刘青海论文所写留言，进而要我再说说唐诗宋词的演变过程，我不是文学史专业教师，只能凭零碎记忆作答如下——

其实你已说出了事情的一半。唐宋之时，有酒肆茶楼歌厅，上档次一点的便有歌女献唱，起初唱的多为唐诗，谱曲即可。这从一则诗坛轶闻可获印证，唐玄宗年间，诗坛三友王昌龄、高适、王之涣结伴去酒楼饮酒，乘兴开赌，赌歌女唱谁的诗多，谁就是最优，结果三人的大作都被唱到。但这里有个问题，句式整齐是唐诗必备，但从演唱角度看就未免呆板，于是一种更便于歌唱的长短句应运而生，词的别名不就叫"长短句"吗？词从哪里来？一是将唐诗改编，二是另行创作。谁来创作？不还是唐、宋那些写诗的诗人们吗？他们既有诗的才干，又有常来听歌的体验，这不很快就上手了！本来词是诗之余，但久而久之，写词成了主业，写诗反成副业了。你看诗人都在比试谁的词写得好了，苏轼就很关注柳永，问他手下人："我词何如柳七？"（柳永兄弟中排行第七——我注）手下回答极妙："柳郎中词（指柳永，郎中，官名），合十七八女郎，持红牙板，歌'杨柳岸晓风残月'；学士词（称苏轼官名——我注），须关西大汉，持铜琵琶、铁绰板，唱'大江东去'。"苏轼成了豪放派领军人物，柳永是婉约派一号，各领人马，从诗入词，把宋词推向成熟，推向高峰，俨然和唐诗并立，成为中国文学史上的双峰。

## 万宁长篇小说《城堡之外》读后

这是一个十分好读的长篇，它通过艺术包浆和色泽，同时又散发着地域民间气息的个性化语言，给我们讲述了湖湘土地上几个家庭、一群人物和一连串联结古今中外、富含信息的故事，以多线条的相互交错，呈散发式层次结构以及跌宕起伏的情节推进，编织出一幅幅城乡风景画、世俗生活图和一出人间悲喜剧，反映出当今时代的波澜壮阔、云山雾罩、可前瞻而又诸多的不确定。作品中塑造的蓝青林、郁寒雨、沐上川、麦含芳等系列人物都存活于我们的身边，他们在彼此的生命中互动和停驻，单纯、复杂、轻松、沉重、激进、保守、传奇、现代，呈现出一场场生命的斑斓、历练和绽放。在几个主要人物身上，作家更是满怀浓烈酣畅的情感，写出了吾国吾民身上蕴藏的文明的积淀和厚重，生命的韧性和力量。我十分赞赏作品在真实反映生活、塑造人物过程中，努力追求和呈现于作品的精神高度，既有对人与人善美关系的打捞，更有对理想未来的探求，人物在人性本质回归上取得共识，使作品闪烁出一片伦理的光芒。长篇小说创作是一个作家写作功力的全面体现，万宁的第一部长篇小说就能取得如此成就，甚为可喜。她属于新时期成长起来的作家，与一些传统作家毕一生经营一书的路径不一，因此对她的写作未来，人们有理由充满更多的期待。

（万宁，作家，现任湖南作家协会副主席、株洲日报社副总编辑）

## 《香港第十届全国摄影艺术展览》观后

从这数十幅参展的获奖作品上，我们可以看到文学渗透的重要性，如同田径对于其他运动项目的作用，文学是一切艺术门类的基础，一个摄影师光凭借摄影技巧也可能偶尔拍出优秀作品，但如果没有文学打底，他绝对无法走远。我说的远，远不只是这些优秀作品的标题，比如展出中的《执子之手》《吉祥》《斜风细雨不须归》《北极的黄昏》《冰山上的来客》等，这些具有文学性的标题固然在激活画面、营造意境、揭示内涵上起到了极好的作用，更重要的是拍摄者在镜头后面那双文学的眼睛，帮助他所做出的取和舍、明和暗、疏和密、近和远、冷和暖、静止和流动、内敛和张扬、简单和丰富等等。也就是说，摄影的艺术性必然来自文学性，优秀摄影作品必然是一种文学的表达。

## 上海彩虹室内合唱团演出欣赏

上海彩虹室内合唱团的演出风行魔都，其作品的基本风格是：轻松、幽默、调侃、揶揄、生活化、无厘头、自由风、充满青春气息。

其作品《夏天的梦是什么颜色的呢》，将大雅和大俗从两极拉回，用细节做调味处理，用生活的原汤消融掉夏风中的惆怅，热烈中的忧伤，偶尔来点无厘头，让歌声轻轻走进你的情感深处。

其作品《醉鬼的敬酒曲》，你或许不懂，或许又全明白，似乎内卷，未必躺平，

你想歌唱，又想哭泣，也许高雅，其实通俗。上海彩虹合唱团，魔都的精灵，不一样的烟火。

构筑一种去意识形态化，也去工业化的都市青春田园，为漂泊的心灵提供一个可以稍作停泊的驿站，对此，一个开放的社会应当释放善意和予以宽容。

## 交响乐的懂与不懂

我们要破一个认识上的误区，比如交响乐，也包括其他音乐，并不存在是否能听懂的问题。大师们在创作某个作品时会或以某个历史事件、某个故事、某个人物作背景，但音乐不是文字，无法记录上述一切，只能用音符留下自己的情绪感受：悲伤、痛苦、欢乐、思念、愤怒等等，这不同的情绪包括每一种情绪的不同层次，你用心听都能直接感受到，比如这一乐段是悲伤的，作曲家可能是因为古希腊某位英雄的悲剧情节引发他创作的，而你听时想起的是你某亲人的悲情往事，这在你心里就引起共鸣了，就是听懂了。眼下有人提到我国传统抗日影片中《鬼子进村》的那一段配乐，是借用了苏联时期一首

颂扬英雄的交响曲中的几个音段。没错，是借用了，因为这几个音段所表达的是一种紧张的情绪，放那儿也适合，这足以说明，音乐并无具体叙事、状物写人的功能。最近网传《灯塔》一歌作曲者的遭遇也说明了这点。这首老歌上年纪的人大都熟悉："伟大的中国共产党，你就是核心，你就是方向，我们永远跟着你走，人类一定解放……"其曲调是参照苏联一首丧歌的乐曲，当年一位来华的苏联朋友听出，他不经意说出来就成了作者头上一座山：给党唱丧歌。结果就是作曲者开除回乡一辈子。其实作者参照的只是丧歌中表达颂扬情绪的几个乐段，这种情绪自然可以参照、移植到另一件需要表达同样情绪的音乐作品中而无不适、不妥，早几天央视还久违地播放了这首老歌。我居上海多年，听过多场交响乐后，就自然地告别了严肃音乐听不懂的认识误区。当然如果有时间再去听音乐会前，网上查阅一下相关作品的创作背景更好，但那也只是帮助你更好一些掌握听音乐所要传递的情绪流程而已。这就像世界杯足球赛，你一场场看下来，尽管你至今还说不出足球的许多术语，连什么叫越位也拎不清，没关系，谁也阻挡不住你对足球的热爱。

# 《周晓洁火花集》序

当拿破仑的几根头发在西方交易场上价值连城的时候，在中国——一座南方城市的一隅，却有一位默默无闻的青年，矢志不渝地从事着收集火花的事业，并且成绩斐然。

这位青年，就是周晓洁。

火花，系火柴盒贴画的美称，亦称磷寸票、火柴贴纸、火柴标签、火柴画片等。周晓洁以七年业余时间，收集到的各种中外火花竟有五千套、五万余枚之丰，并已着手进行系统的整理和研究。限于篇幅，这里只能从中挑选出三百余枚以飨读者，可谓于滔滔中取一瓢，借一斑而窥全豹了。

从这些林林总总的火花中，我们可以得到大千世界留下的信息：无论历史沿革，还是风土人情；上至天文，下至地理；以及飞禽走兽、花草虫鱼、人物典故，皆浓缩于方寸之间，使人于流连忘返、玩味沉思之中，长知识，拓眼界，冶情怀，增才干，接受智的启迪，美的熏陶。可见，除了火花不具有面值而邮票具有面值这一点外，集火花与集邮票的意义原是同等的。它们都能为人们提供艺术的聚宝盆、知识的百科全书。

但是，人们常常青睐于邮票而冷淡于火花。其实，据统计：全世界邮票约二十万种，火花仅日本的吉泽贞一先生一人的藏品就达六十五万种之多。我国日前一百七十多家火柴厂每年生产的火柴商标如果每张首尾相接，其长度可绕地球七百五十圈。若收集到其中的十分之一，就可以从地球铺到月球。足见收集火花的天地比之集邮，理应更为宽广。

有识者看到了收集火花的灿烂远景，给予了这项事业以热情的关注和支持。于是，名不见经传的周晓洁收到了数千封来信，一枚枚火花像一只只蝴蝶飞上了他的案头。这些素昧平生的朋友中，包括法国驻华大使马乐、英国驻华大使馆新闻官员邓强等。还有中国文联副主席、京昆大师俞振飞书赠了"九州火花小王"的条幅，我国乐坛女指挥家郑小瑛惠寄了"勤奋、坚持"的题词。此外，中央、省、市新闻单位为他播放过专题节目，组织过专题报道。因此，这本《周晓洁火花集》实际上是千百万人劳动和友谊的结晶。

周晓洁是我在中学任教时的学生——一个懒于学习而勤于搞恶作剧的学生。有一次，曾被我恼怒地失手推倒在地（这是我二十多年教学生涯中唯一的一次体罚学生）。时光荏苒，当周晓洁拿着这本火花集来到我跟前，尊敬地问我能否为之作序时，我从他已富有教养的谈吐中，从他业已深邃的目光中，惊异地发现：生活、命运、一项有益的业余爱好，是多么神奇地改变了一个人的一切。

于是，我欣然允诺，写了以上的话，怀着歉疚，更怀着兴奋。

是以为序。

# 袁楚湘《脚印》序

似乎大家都认同，写作，最好是集中某一领域，进而集中于某一文体，一口井深挖下去，直至流出汩汩清泉来。其实也不尽然，比如诺贝尔文学奖得主高行健，既是小说家，同时又是戏剧编导、职业画家。我第二次旅美期间，适逢他在纽约举办画展，观者如云；第三次旅美期间，又适逢他自编自导的舞台剧在北美、欧、亚巡演，好评如潮。去年诺奖得主莫言，以创作长篇小说见长，剧本创作也是高手，其长篇小说《蛙》中，就有剧本形式出现的章节。扯远了，打住。

话说从头。《脚印》一书的作者楚湘君，是我曾经的同窗、同事和长年的朋友。二十世纪八十年代初，我主持株洲市二中工作期间，他便是学校教职员工优秀团队中璀璨的一员。三年后我离校他任，楚湘君则一直坚守在那片校园，劳作至副校长任上到龄退休，无论是教务，还是校务，都取得了远胜当年的丰硕成果。湖南师范大学出版的反映杰出校友成果的《湘水师韵》，刊登了《探索者的足迹——记湖南省特级教师袁楚湘》一文。作为我和楚湘共同的母校，这所百年老校校友数以万计，能成为其中的佼佼者，誉莫大焉。

我认真拜读了《脚印》中的《语文教学中的创造力培养》《语文学习方法的指导》《协调师生心理，提高教学效率》《学生喜爱的语文教学风格》《发展学生个性，培养现代人气质》等具有真知灼见的教学论文，触摸到了一个传道授业解惑者勤于实践、乐于探索、勇于创新的精神、智慧和襟怀，即使是具体到某篇课文教学的如《〈硕鼠〉教学的精讲多练》《〈孔雀东南飞〉中"相"字释》等篇，也使我感受弥深。老实说，我任中学教员时，这些课文也教过好几遍了，却从未下过楚湘君这么多的功夫，其中折射出的境界，非我所能及，钦佩。

楚湘君在主攻教务、校务之余，还数十年如一日，致力于新闻写作和文学写作。他在这两个领域里的写作完全是霰弹式的，新闻中的消息、通讯、言论等，文学中的诗歌、小说、散文、评论等，十八般武艺，一一操持娴熟，于不动声色中展露出多方面的才华。无论是《风采年华》中的通讯报道，还是

《心香一瓣》中的人物特写；无论是《俚歌新韵》中的快板歌谣，还是《沃野放歌》中的田野诗意；无论是《时光穿梭》的儿时记忆，还是《品读札记》的翰墨书香，大都能做到言之有物，言之有理，言之有情，言之有文，言之有境，或令人遐想，或令人释怀，或令人激荡，或令人思考。

楚湘君出身农家，乡村始终有一根脐带联结他的灵魂。有关乡村的文字构成了《脚印》中最动人心魄的篇章。《我的母亲》《父亲的木匣》《乡村匠人》《故乡的田埂》《一碗腌菜饭》《我的老师》《故乡的河》《婆仙岭寻真》《回味过年》等，都有着对乡土、乡人、乡俗化不开的浓情蜜意，自然流泻，涓涓成溪，向故园献礼，向人性膜拜，向生命致敬。

毋庸讳言，《脚印》中的作品横跨半个世纪，其中一些篇目留有那个特定时代的印痕，是耶非耶，幸与不幸，都是一种历史的存在，自然也有着历史的认识价值，我们没有必要加以掩饰，由它去吧。

似水流年。人生就是一段旅程，楚湘君和我，均已进入暮年。回眸来处，一切都成了远方的风景，风景中留有我们奋勇前行的脚印，足矣。

# 胡铁钢《铁哥杂记》序

金秋时节，收到铁钢的《铁哥杂记》样书。铁钢说：不想找名人作序，只想找位朋友说几句实实在在的话。我非名人，但是朋友，尚略通文墨，于是就成了为书作序的合适人选。

二十世纪九十年代，我和铁钢同为株洲日报社领导班子成员。主、副职之间，既不是两相对立的冤家，也不是不讲原则的死党，而是可以坦诚相见、风雨共担的同志和朋友，此番情谊，弥足珍贵。

文如其人，这话不好一概而论。现实中文章锦绣，人品龌龊；或人品甚好，文章不佳的情况并非少见。质朴、坦诚、真实、不做作、不矫情、不煽情，其为人也如此，其为文也如此，铁钢人文一体，相映生辉，实属难得。

铁钢是重情重义的汉子。他生长在攸县一个名叫胡家场的山村，幼年即背负繁重的农业劳作。无论岁月更替，世易时移，他与土地、与农民始终血脉相连。至晚年回望，留存在心灵川流的故乡，是静卧在时间深处的净土，书中有大量记叙祖辈先人，父老乡亲、同事朋友的散文篇什，散发着强烈的刚翻耕过的田野泥土的芳香，以及山林、雨水和阳光的气息，是未曾污染、未经修饰的，也是最自然和最朴拙的。

乡土、乡人、乡事、乡情、乡俗，有作者抒写不尽的素材，爱与被爱是作者恒定不变的主题。作者在散文的宏大谱系中，寻找到把客观事物化成存乎内心的自我疆域的表达形式，达成客观时空与主体意识的默契，呈现出一种思想的张力和澄明的境界，恰如作者追忆晚年父亲时所言：用那根坚韧的硬木拐杖代替长箫，吹出了他的七彩人生。

铁钢长期服务于新闻行业，业绩斐然。首任《攸县报》总编，创办《株洲晚报》，都赢得业界一片赞扬。同时还数十年笔耕不辍，采写了大量新闻作品。书中辑录的新闻论文反映了他结合办报实际，对一系列相关新闻理论问题的深度思考；辑录的刊发于从中央到地方各级报刊的新闻报道，尽管会留有不同时代的烙印，但可贵的是无论在任何形势下，作者仍然始终表现出对正义、爱心、良知的新闻价值观的努力坚守；辑录的新闻评论及杂感篇什，也努力坚持在事实和真理面前，是是非非，善善恶恶，好处说好，坏处说坏，举良指谬、刺恶伐罪，烛微洞幽，揭蔽显隐，彰示出了作者的人品和气度，学养与才情。

铁钢的学养与才情，来自他长年不懈地自修自学。由于家境贫寒，中学毕业即辍学，他未曾跨进高等学府的大门，却成了自学成才的典范。我们从书中辑录的旧体诗词中可以看到他的勤学自勉，从书中辑录的读书笔记中可以看到他的转益多师。每一位同事和朋友，每一位学生和后辈，都可以从他的成长经历中获取教益。

记不起是哪位非名人说过一句很名人的话：上帝为笨人预设了矮树枝，从这里出发，照样可以飞向蓝天。我和铁钢都不是阴阳两面的逐利忘义之徒，实属笨人。我们从各自清贫的家庭走出，栖息在矮树枝头，通过勤奋补拙，照样从天空飞过。

名之为序，实为一段珍贵友谊备忘。

# 无尽的思念

## ——悼诗人郑玲

郑玲走了，走在西方传统的感恩节里。我不知道这里是否有什么机缘巧合，但她的离去留给朋友们心灵的撞击和感伤却是实实在在的。此刻，正是远离株洲的沪上子夜时分，我只能用这一篇萦怀于心，而又一直不敢动笔的文字祭奠她。

那是1983年的夏天，我赴任株洲市文联前夕，省委驻株机构改革领导小组负责人尹辉老交代："你去文联后的第一件事就是把郑玲调去。"这样，就有了我和郑玲由朋友到一起共事的日子，就有了因为一位诗歌领军人物的到来，株洲诗城再度风起云涌，灿烂出一个新时期诗潮澎湃的黄金岁月。那年头，无论郑玲走到哪里，总有一些诗歌的善男信女，屁颠屁颠地紧随其后，庶几成了一道标志性的街市景观。郑玲对株洲诗坛的贡献毋庸置疑。

　　郑玲是不幸的。当年，我在提取和清理郑玲的人事档案时，惊骇地感受到一个时代的罡风一直在她的身边咆哮。曾经的湘南游击队女战士，尚属花季年龄，刚开始倾情歌唱，便无辜陷入1949年后最早的一场文坛冤案——"胡风反革命集团"案。自此，历次政治运动，在劫难逃，甚至以右派之身长期被流放、劳教，沉沦在社会底层，一晃就是几十年。

　　郑玲又是幸运的。厄运之中，多少有才气的诗人，他们的生命，连同他们的诗歌的天空弹指间轰然坍塌。而郑玲没有倒下，她在和夫君善壎兄的苦海共度中，以一种超然的沉默葆有着自己知识分子的良知，在不能歌唱和不肯违心歌唱的漫长岁月，依然对诗歌怀着宗教般的信仰和虔诚，让中外古今的诗歌经典和文化典籍滋补心灵，让诗歌照亮自己的异乡长夜，照亮自己的黑暗命途。

　　待到花的信息洒遍青春的原野，郑玲的创作便于瞬间火山爆发了。于是，就有了她的诗集《瞬息流火》《风暴蝴蝶》《小人鱼之歌》《郑玲诗选》《郑玲短诗选》《郑玲世纪诗选》等相继出版，就有了她的诗歌名篇《小人鱼之歌》《风暴蝴蝶》《当命运决定你沉默》《爱与死》《红舞鞋》《局外人》《沉舟再起》《无奈已成化石》《在手术台》《诗从深渊出发》《披着秋风的影子》等横空出世。欣赏这些佳作，我们从精致中读出豪爽，从婉约中读出激昂，从柔美中读出刚烈，从优雅中读出凌厉，从摇曳中读出坚守，从现代中读出传统。而最使我钦佩的是诗篇背后作者始终如一的独立之姿，清正之气，庄严之心。

最近十年，我曾两次携全家从沪上飞抵羊城专程看望离休的郑玲。年届八秩的诗人躺在病榻上仍然笔耕不辍，新作迭出，这种长达数十年的诗歌创作爆发力和持久力令人惊诧，在当代中国诗坛亦属罕见。我相信，郑玲最后的日子在医院重症监护室昏迷时，她不死的生命细胞仍然漂移在诗的王国，飞翔在诗的天空。

死亡是一张有去无回的单程车票。没有人能告诉我们彼岸的消息，逝去的人们饮过忘川之水，也许已经记不起我们这些被暂时落下的朋友，但我们却无法忘记。我的二女儿红雨电大毕业后执意去南边打工，曾长期居住在郑玲家中，女儿惊闻她的郑阿姨去世，十分难过，写了一首诗，抄录于后，以表达我们父女两代人对郑玲的共同怀念：夜深了，／看见你幻化成了一只蝶，／穿过月光／勇敢地朝着风暴的中心扑去。／他们说风暴的尽头有一束光，／光的尽头是一个暖暖的世界。／我没有去送你，／我认得你，／那只白色的／两翼带着梨涡的风暴蝴蝶。

# 后记

梁实秋先生曾嘉许台湾诗人余光中，说他"右手写诗，左手写散文，成就之高一时无两"。其实就大多数文学写作者而言，这是一条通用之路，因为诗歌、散文这两种文学样式可以直抒胸臆，费时不多，上手入门较易，无须像小说、剧本那样，要借助人物、情节、结构等去表达和呈现。但登堂入室之后，才会发觉要真正把一首诗、一篇散文写好极为不易，因此坚持到底者甚少，像余光中先生那样，既坚持到底又特有成就者则少之尤甚。

我也和大多数文学写作者一样，利用工余边角废料的时间，写点诗，也写点散文，沿着那一条上手不难写好难的路径。写作并不会理所当然地把一个人带到某种思想高处，但至少给了我们一种仰望高处的习惯和可能，如果读者能从我的习作中窥见大时代在我心灵上撞击出的那片火花，又从那些火花背后，依稀见闻到大时代的倩影和跫音，则我心足矣。

此集收录拙作共计诗歌50余首，散文21篇，都曾分别发表于《羊城晚报》《湖南日报》《文汇报》《海南日报》《深圳特区报》《湖南教师报》《株洲日报》等报纸和《湖南文学》《芙蓉》《文学月报》《文艺生活》《记者文学》《湖南教育》等刊物。大多数篇什写于二十世纪八十年代，当时我正值中年，于公、于私都属于流金岁月，故以《流金岁月》名之，以此表达我对那一远去年代的纪念和敬意。

谢谢女儿红雨为此书出版付出的辛劳。

谢谢友人章夫为此书写下的序言。

是以为记。

2023年6月于上海寓所